LA

FLORE DE L'ENFANCE

BOUQUETS, ÉPITRES,

COMPLIMENTS ET DIALOGUES,

Par H. ATXEH.

PREMIÈRE  ÉDITION.

PARIS

Chez P. H. KRABBE, Libraire-Éditeur,

12, RUE DE SAVOIE, ET 5, 7, GALERIE VIVIENNE;

Et chez l'Auteur, rue Tiquetonne, 17.

LA FLORE DE L'ENFANCE.

PARIS. — TYP. BEAULÉ ET Cᵒ, RUE JACQUES DE BROSSE, 10.

LA

FLORE DE L'ENFANCE

BOUQUETS, ÉPITRES,

COMPLIMENTS ET DIALOGUES,

Par H. ATXEM.

PARIS

Chez P. H. KRABBE, Libraire-Éditeur,

12, RUE DE SAVOIE, ET 5, 7, GALERIE VIVIENNE;

Et chez l'Auteur, rue Tiquetonne, 17.

AVERTISSEMENT.

———————

Le grand débit qu'a obtenu, dès son apparition, le petit volume de compliments et d'épîtres de bonne année que nous venons de publier nous a engagé à compléter cette œuvre par un petit volume approprié aux fêtes patronitiques. C'est dans ce but que nous donnons, aujourd'hui, notre *Flore de l'enfance*.

Nous nous écartons quelque peu, dans ce petit ouvrage, de la règle établie, sans trop nous en éloigner cependant : au compliment nous joignons l'épître, le bouquet et le dialogue.

Le bouquet, ou compliment allégorique ; l'épître, dont l'une des deux séries s'adresse à des absents, soit à cause de l'éloignement de la personne, soit que l'enfant lui-même se trouve éloigné ; et le dialogue, entre deux, trois et même quatre enfants.

Dans toutes ces pièces nous avons varié le style et proportionné la pensée à l'âge ; et, pour atteindre tous les cas où un enfant a quelqu'un à complimenter, nous avons, autant que possible, à nous du moins, traité chaque petite pièce de façon à l'approprier à toutes les positions sociales auxquelles l'enfance est susceptible de s'adresser. A messieurs les instituteurs et parents à choisir la convenance des âges et des positions, parmi ces petites pièces, que nous faisons suivre de toutes les variantes nécessaires à cette appropriation.

Préférant augmenter le nombre des petites pièces en vers, nous nous sommes dispensé de donner des lettres de fête patronitiques en prose, avec d'autant plus de raison encore que notre petit volume, LE JOUR DE L'AN, en contient une centaine, variées, au point de satisfaire à toutes les exigences, sauf quelques changements de mots indispensables pour les approprier à la circonstance.

LE LANGAGE DES FLEURS.

INTRODUCTION.

De mille fleurs, en vain, Flore était entourée ;
Fraîches bien plus encore que la fraîche rosée,
Ravissantes d'éclat, brillantes de couleurs,
Exhalant les parfums d'une haleine embaumée,
Et Flore, cependant, se trouvait isolée
Dans ses riches jardins au milieu de ses fleurs ;
Alors qu'un doux rayon, rayon de poésie,
Vint, prêtant à chacune un langage muet,
Leur donner un emblême, un attribut, la vie,
Fût-elle Rose, Ivraie, ou Jasmin, ou Muguet.
Dès lors, le doux émail d'une belle prairie
Ne fut plus seulement une nappe fleurie ;
La Bardane devint de l'importunité,
La Guimauve exprima la douce bienfaisance
Et le Coquelicot l'éphémère beauté :
Le Houx même, le Houx sera la prévoyance,
Le Chèvre-Feuille, lui, tendre lien d'amour.
Champs, Halliers, Prés, Jardins s'animent tour à
Le Blé se symbolise, il devient la richesse ; (tour:
La Fraise, la bonté ; la Rose, gentillesse ;

Le Seringa, le Lys ; l'un, c'est la majesté,
L'autre, le Seringa, c'est la fraternité.
Oh ! ce n'est plus la fleur inerte, inanimée
Que Flore sous ses doigts a vu s'épanouir ;
Non, c'est un sentiment, un mot, une pensée
Que, dans son doux reflet, chaque fleur fait jaillir.
Flore, depuis ce jour, heureuse souveraine,
Sans ennui, sans regrets, loin d'un monde trompeur,
Parcourt Jardins et Prés, Halliers, Colline ou Plaine,
Faisant, quand il lui plait, faisant parler la fleur.
Comme elle, jouissez d'un pareil avantage ;
Arrière le fracas, l'orgueil, l'ambition ;
Modestes dans vos goûts, apprenez ce langage ;
C'est un doux passe-temps, un naïf badinage,
Pour peindre à ses parents son respect, son amour,
Surtout, appliquez-vous avec zèle et courage
Afin que, si jamais, vos amis, quelque jour,
Usant, à votre égard, d'un emblême semblable,
Vous présentent des fleurs, qu'elles soient, mes en-
L'emblême juste et vrai, l'interprête agréable (fants,
De belles qualités, de vertus, de talents.

BOUQUETS.

BOUQUET.

GARÇON OU FILLE

A sa mère, et selon les cas à sa sœur, sa belle-sœur, sa tante, sa marraine, sa cousine, sa bienfaitrice, sa protectrice, sa tutrice, sa grand-mère, qu'il tutoie.

Des fleurs, des vœux, et des vœux et des fleurs :
Voilà, maman, tout ce que je possède.
Puisse le ciel, que pour toi j'intercède,
A pleines mains te verser ses faveurs !
Voilà mes vœux exprimés pour ta fête :
Dans cet Œillet vois mon amour ardent ;
Armoise et Fraise ici sont l'interprête
De tes bontés, de mon ravissement ;
Et de boutons cette Rose entourée
N'est-elle pas l'image fortunée,
L'emblême heureux de toi, de tes enfants,
De toi, de nous, dans tes bras caressants ?

1re VARIANTE :

Quand on ne tutoie pas.

3e *vers :* Puisse le ciel que pour vous j'intercède,
4e   A pleines mains vous verser ses faveurs:
5e   Voilà mes vœux, mes vœux pour votre
6e   Dans cet Œillet, voyez amour ardent(fête!
8e   Dé vos bontés, de mon ravissement ;
11e   L'emblême heureux de vous, de vos
                         (enfants ;

12e *vers* : De vous, de nous, dans vos bras caressants ?

2e VARIANTE :

2e *vers* : Ma sœur, voilà tout ce que je possède,

C'est, belle sœur

Tante voilà,

Ma marraine, voilà

Ma cousine, voilà

Bienfaitrice, voilà

Protectrice, voilà

Ma tutrice, voilà

Ma grand'mère, voilà

} tout ce que je possède,

12e *vers* : D'eux et de toi, dans tes bras caressants ?

BOUQUET.

GARÇON OU FILLE.

A ses père, mère, frère, sœur, beau-frère, belle-sœur, cousin, cousine, oncle, tante, parrain, marraine, beau-père, grand-père, grand'mère, tuteur, tutrice, protecteur, bienfaiteur et ami qu'il tutoie.

Afin d'animer la fleur,

Phœbus lui donne un emblême,

L'Œillet rouge, c'est : je t'aime

Avec une vive ardeur ;

Camélia, reconnaissance ;

Qui dit Fraise, dit bonté ;

Jacinthe, c'est bienveillance ;

Pas de fleur au respect, on la mis de côté.
Que j'eusse aimé t'offrir, mon père, pour ta fête,
La Jacinthe et la Fraise, emblêmes de ton cœur,
Les entourant alors de l'humble Violette,
De Camélias, d'Œillets, ainsi que de la fleur
Que Flore eût dû créer au respect pour symbole.
Bien plus éloquemment que ma faible parole,
· Ce langage des fleurs t'aurait dit mon amour,
Mon respect sans égal et ma reconnaissance
Si grands que j'offre au ciel toute mon existence
S'il fait luire, pour toi, de beaux jours en retour.

1re VARIANTE :

Quand on ne tutoie pas.

9e *vers* : J'eusse aimé vous offrir, père, pour
(votre fête,

10e   La Jacinthe et la Fraise, emblêmes d'un
bon cœur,

15e   Ce langage des fleurs vous eût dit mon
(amour,

18e   S'il fait luire, pour vous, de beaux
(jours en retour.

2e VARIANTE :

A ses mère, frère, sœur, beau-père, grand-père, grand-maman,
beau-frère, belle-sœur, oncle, tante, cousin, cousine, par-
rain, marraine, ami, tuteur, tutrice, bienfaiteur, protec-
teur :

9e *vers* : Que j'eusse aimé t'offrir, ma mère,
(pour ta fête,

Que j'eusse
aimé t'offrir.

mon frère, pour ta fête,
chère sœur, pour ta fête,
beau-père, pour ta fête,
grand-père, pour ta fête,
grand-maman, pour ta fête,
beau-frère, pour ta fête,
belle-sœur, pour ta fête,
cher oncle, pour ta fête,
ma tante, pour ta fête,
cher cousin, pour ta fête,
cousine, pour ta fête,
bon parrain, pour ta fête,
marraine, pour ta fête,
bon ami, pour ta fête,
cher tuteur, pour ta fête,
tutrice, pour ta fête,
bienfaiteur, pour ta fête,
protecteur, pour ta fête,

BOUQUET.

PETIT GARÇON OU PETITE FILLE.

A sa mère.

La fleur que j'aime le mieux,
O, la meilleure des mères !
Est la fleur que tu préfères
Et qui parle pour nous deux :

C'est celle qui dit : Je t'aime
A toute heure, constamment,
Comme tu m'aimes, maman,
Comme je t'aime de même.
L'OEillet rouge est donc la fleur
Que je t'offre pour ta fête,
Mère, avec une *baisette*
Et mes vœux pour ton bonheur.

VARIANTE :

2e *vers* : J'ai remarqué, mère aimée,
3e　　　Qu'elle est par vous préférée;
4e　　　Elle parle pour nous deux :
5e　　　Elle redit : Je vous aime
7e　　　Comme vous, chère maman,
8e　　　Comme je le dis moi-même.
10e　　　Offerte pour votre fête.

BOUQUET

GARÇON OU FILLE.

A son grand-père et à ses père, frère, beau-frère, cousin, beau-père, oncle, parrain, ami de la famille, tuteur, bienfaiteur, protecteur.

Pour former ce bouquet que je t'offre à ta fête,
Flore ne m'a remis que trois fleurs seulement,
Oui, trois fleurs... le Laurier, l'OEillet et la Violette.
L'OEillet : dans son langage, il dit : amour ardent,

C'est bien ainsi, grand-père, que je t'aime!
La Violette est, vois-tu, le modeste talent :
    C'est ton esprit, c'est ton savoir extrême,
    Connu de tous, ignoré de toi seul.
    Et le Laurier : c'est la gloire elle-même,
    Payant tribut, au nom de leur aïeul,
    A tes neveux, d'un si noble héritage ;
    Gloire à l'honneur, au mérite, au talent !.
    Flore aurait dû, prises dans leur langage,
    Pour exprimer mes vœux de chaque instant,
    Joindre à ces fleurs celles qui sont l'emblème
De mes vœux répétés, faits à l'Etre suprême
Pour qu'il tisse tes jours d'un bonheur incessant.

1re VARIANTE :

Quand on ne tutoie pas.

1er *vers :* Je voulais un bouquet pour marquer votre
5e   C'est bien ainsi que je vous aime ! (fête;
6e   La Violette est le modeste talent :
7e   C'est votre esprit, votre savoir extrême
8e   Connu de tous, ignoré de vous seul;
11e   A vos neveux, d'un si noble héritage;
17e   Pour qu'il tisse vos jours d'un bonheur
                                    (incessant.

2e VARIANTE :

A ses père, frère, beau-frère, beau-père, cousin, oncle, par-
rain, ami de la famille, bienfaiteur, protecteur, tuteur.

5e *vers ;* C'est bien ainsi, bon père que je t'aime!

5e *vers :* C'est bien ainsi, mon frère,
— — beau-frère,
— — beau-père,
— — mon cousin,
— — mon oncle,
— — mon parrain, } que je t'aime!
— — notre ami,
— — bienfaiteur,
— — protecteur,
— — mon tuteur,

BOUQUET.

GARÇON OU FILLE.

A ses belle-mère, mère, grand-mère, Sœur, belle-sœur, tante, cousine, marraine, tutrice, protectrice, bienfaitrice qu'il tutoie.

L'Acanthe, c'est les Arts ; le Platane, génie ;
Sensitive est pudeur ; Oranger, chasteté ;
La Violette odorante est l'humble modestie ;
Le Réséda, mérite, et la Fraise bonté.
Je voulais, par des fleurs, te présenter l'emblème
Des belles qualités, des talents, des vertus
Dont le ciel te dota, belle-mère que j'aime !
Quel énorme bouquet ! mille fleurs, encor plus,
Pourrais-je les avoir, seraient insuffisantes ? (dantes,
Impuissant, j'aime mieux venir, les mains pen-

Auprès de toi, tout simplement,
A l'occasion de ta fête,
Te dire combien je souhaite   (stant.
Que tes jours soient passés dans un bonheur con-

1re VARIANTE :

Quand on ne tutoie pas.

5e *vers* : Je voulais, par des fleurs, vous présen-
(ter l'emblème

7e   Dont le ciel vous dota, belle-mère que
j'aime !

11e   Auprès de vous, tout simplement,

12e   Vous dire combien je souhaite   (fête;

13e   Qu'à partir d'aujourd'hui, veille de votre

14e   Tous vos jours soient passés dans un
(bonheur constant.

2e VARIANTE :

A une mère, une grand'-mère, une sœur, une belle-sœur, une
tante, une cousine, une marraine, une tutrice, une bien-
faitrice, une protectrice.

7e *vers* : Dont le ciel te dota, tendre mère que j'aime !

Dont le ciel
te dota,
{
ma grand'-mère que j'aime !
ma bonne sœur   —
ma belle-sœur   —
bonne tante   —
ma cousine   —
ma marraine   —
ma tutrice   —
bienfaitrice   —
protectrice   —
}

BOUQUET.

GARÇON OU FILLE.

A sa sœur, sa mère, sa belle-sœur, sa tante, sa cousine, sa
belle-mère, sa grand-mère, sa tutrice, sa marraine, sa
bienfaitrice, sa protectrice, une amie de la famille qu'il
tutoie.

J'ai fait une razzia
Sur les fleurs les plus jolies,
J'ai pris Roses, Célosies,
Œillet, Jasmin, Dahlia :
L'une, expression sincère
De mon vif attachement;
L'autre, c'est le don de plaire
Par la beauté, le talent;
De mille charmes dotée,
Le ciel en toi réunit
Le sentiment, la pensée,
Les qualités et l'esprit.
Excuse, mon cœur, ma tête,
Entraînés par l'occasion,
Si j'énumère à ta fête
Tes qualités sans façon;
Qu'une embrassade serrée,
Douce expression du cœur,
Me témoigne, mon aimée,
Que tu ne m'en tiens pas rigueur.

1re VARIANTE :

Quand on ne tutoie pas.

10e *vers* : Le ciel en vous réunit
15e   Si je saisis votre fête
16e   Pour m'exprimer sans façon
20e   Que vous m'en teniez rigueur :

2e VARIANTE :

*Selon l'âge, à ses mère, grand'mère, tante, belle-mère, bien-
faitrice, etc.*

8e *vers* : Par la bonté, le talent.

BOUQUET.

GARÇON OU FILLE.

A sa marraine qu'il tutoie.

Flore m'a donné ce matin,
Pour le bouquet de ma marraine,
Un bel Œillet rouge, un Jasmin,
Un Mûrier noir, une Verveine.
« Tiens, les voilà : de mon amour,
» Ici, l'Œillet rouge est l'emblème ;
» Il dit : sincèrement je t'aime ! »
Et moi, je t'aime sans détour ;
De l'amabilité parfaite
Jasmin commun est l'interprète ;
C'est toi, marraine, conviens-en,
Mûrier noir, c'est ton dévoûment

Qui ne faillit à nulle peine ;
Puis, reste encor cette Verveine
Qui traduit mon ravissement
De te posséder pour marraine.

VARIANTE :

Quand on ne tutoie pas.

8e *vers* : Moi, je vous aime sans détour ;
11e   C'est vous, c'est vous, convenez-en ;
12e   Mûrier, c'est votre dévoûment
16e   De vous posséder pour marraine.

BOUQUET.

GARÇON OU FILLE.

A sa cousine et à sa sœur, sa belle-sœur et ses jeunes mère, tante, marraine, tutrice, amie de la famille, protectrice, bienfaitrice, tutrice qu'il tutoie.

J'avais cueilli des fleurs pour former un bouquet
Pour ta fête, cousine, aimable belle et bonne ;
C'était l'Amarillis, l'Onagre, l'Anémone
Que j'allais réunir à l'Ivraie, au Muguet.
Imprudent ! que fais-tu ? s'écrie à l'instant Flore,
Redoute de ces fleurs le langage fatal :
L'une est l'emblème ici du vice qu'on abhorre,
L'autre exprime fierté, l'autre abandon encore ;
Près d'elles le Muguet même est retour au mal ;
Rejette au loin ces fleurs : tu peux sans flatterie

Dire de ta cousine, avec sa modestie,
Comme elle a de l'esprit, comme elle a du talent,
De beauté, de candeur et de grâce infinie.....
Offre Rose, Violette, Acanthe et Lilas blanc.
Moi, je n'ai pas ces fleurs, j'ai tout juste une Rose
Que j'offre, avec mes vœux, pour ta prospérité,
Afin que désormais le ciel, pour toi, dispose
Des jours nombreux passés dans la félicité.

1ʳᵉ VARIANTE.

Quand on ne tutoie pas.

2ᵉ *vers* : Pour fêter ma cousine aimable, belle,
(bonne;

16ᵉ   Que j'offre, avec mes vœux, pour ta
(prospérité,

17ᵉ   Afin que désormais, pour vous, le ciel
(dispose

2ᵉ VARIANTE.

A une sœur, une belle-sœur, et à des jeunes mère, marraine,
tutrice, bienfaitrice, protectrice, amie et tante.

2ᵉ *vers* : Pour ta fête, ma sœur, aimable, belle et
(bonne :

Pour fêter belle-sœur,
Pour ta fête, ma mère,
Pour ta fête, marraine,
Pour ta fête, tutrice,   aimable, belle
Pour fêter bienfaitrice,   et bonne;
Pour fêter protectrice,
Pour fêter notre amie,
Pour te fêter, ma tante,

11e *vers* : Traduire de ta sœur, avec sa modestie,
    Dire de belle-sœur,
    Exprimer de ta mère,
    Dire de ta marraine,
    Dire de ta tutrice,   avec sa mo-
    Dire de bienfaitrice,   destie,
    Dire de protectrice,
    Exprimer de ta tante,
    De ton amie, alors, dire la modestie,

BOUQUET.

GARÇON OU FILLE.

A sa protectrice et à ses mère, belle-mère, grand'mère, belle-sœur, sœur, tante, marraine, cousine, tutrice, amie, bienfaitrice qu'il tutoie.

L'on m'a présenté pour ta fête
Des fleurs en masse, un gros bouquet ;
A peine l'ai-je pris, soudain je le rejette
    Bien loin de moi sur le parquet ;
    A ma protectrice, si bonne,
Quoi ! me dis-je aussitôt : j'offrirais le Souci,
Avec la branche d'If, l'Ivraie et l'Anémone ?
    Gardez vos fleurs, je n'en veux pas, merci.
    Le Souci dit : du chagrin, de la peine,
Et je demande au ciel pour elle de beaux jours ;
    L'If, c'est tristesse, et je lui veux toujours
Cette douce gaîté qui plait, séduit, entraîne ;

L'Ivraie, expression de nos sens dissolus,
   Dans sa laideur est l'emblème du vice,
Tandis que mon amie a toutes les vertus;
Et l'Anémone encor, l'abandon, l'injustice;
L'oubli! moi, l'oublier, jamais un seul instant,
Elle qui fut toujours, pour moi, si dévouée!
     Mais je l'aime trop ardemment!
Aussi, pour tout bouquet n'ai-je qu'une Pensée,
   De crainte de me fourvoyer :
   Accepte-la, ma bien-aimée,
Avec une caresse, et tendre et bien serrée,
De celui qui, déjà, t'appartient tout entier.

1re VARIANTE :

Quand on ne tutoie pas.

1er *vers* : L'on me donnait pour votre fête,
22e   Acceptez-la, ma bien-aimée,
24e   De celui qui déjà s'est donné tout entier.

2e VARIANTE :

A ses mère, grand'mère, belle-mère, sœur, belle-sœur tante, cousine, marraine, amie, bienfaitrice, tutrice.

5e *vers* : A ma mère, toujours si bonne,
      A ma grand'mère, douce et bonne,
      A ma belle-mère, si bonne,
      A ma sœur, si tendre et si bonne,
      A ma belle-sœur, toujours bonne,
      A ma tante, toujours si bonne,
      A ma cousine, aimable et bonne,

5e *vers* : A ma marraine, toujours bonne,
A mon amie, aimable et bonne,
A ma bienfaitrice, si bonne,
A ma tutrice, aimée et bonne,

3e VARIANTE :

Une Demoiselle qui tutoie.

24e *vers* : De celle qui déjà t'appartient en entier.

Une Demoiselle gai ne tutoie pas.

De celle dont le cœur est à toi tout entier.

BOUQUET.

GARÇON OU FILLE.

A sa bienfaitrice et à tout le monde qu'il tutoie.

Si je pouvais en bouquet réunir,
Mais cela ne se peut, c'est par trop difficile,
Il m'en faudrait et mille, et mille, et mille,
Toutes les fleurs que je voudrais t'offrir,
Avec l'Œillet au rouge qui scintille,
Avec l'Œillet je prendrais la Jonquille,
La Centaurée et le commun Jasmin,
Le Cornouiller, le Réséda, la Fraise,
Le Mûrier noir, et l'Armoise et le Lin;
A ces fleurs-là je joindrais le Mélèze,
Ainsi que l'Ananas, le Platane, le Lys,
Et Lierre et Nélomba, Bluet, Jacinthe, Iris,

2

Et bien d'autres encore à remplir cette page.
La Jacinthe des fleurs te dirait le langage ;
Tu verrais dans l'Iris l'emblème du message
De Flore à l'Amitié prêtant un doux appui,
A l'amitié qui vient te traduire aujourd'hui
Sous l'emblême des fleurs ma constante tendresse ;
Au Bluet tu dirais, c'est ma délicatesse,
Le Lin, c'est mes bienfaits, la Fraise, ma bonté,
Et le Jasmin commun mon amabilité ;
Le Platane et le Lys, c'est grandeur et génie,
Nélomba, bienfaitrice, est sagesse infinie ;
La Mélèze est le calme avec l'attention,
Le Mûrier, dévoûment, le Réséda, mérite,
Et l'Ananas, c'est toi, c'est la perfection.
Ma brûlante amitié, le Lierre l'eût traduite,
A l'OEillet réuni dans sa sincérité ;
Le Cornouillier en eût exprimé la durée ;
De tes bontés pour moi la fleur de Centaurée
T'eût appris mon orgueil et ma félicité ;
L'Armoise et la Jonquille eussent, à mon aimée,
Eussent dit à la fois mon bonheur, mon désir ;
Mon bonheur que le ciel te fît sa protégée,
Puisse ce grand souhait à l'instant s'accomplir !
Mon désir est, vois-tu, qu'une bonne caresse,
Gage de mon amour, me prouve ta tendresse.

1re VARIANTE :

Quand on ne tutoie pas.

4e *vers :* Toutes les fleurs qu'on devrait vous offrir,

14ᵉ *vers :* La Jacinthe des fleurs vous dirait le
(langage,

15ᵉ Vous verriez dans l'Iris l'emblème du
(message.

17ᵉ A l'amitié qui vient vous traduire aujour-
(d'hui

19ᵉ Au Bluet vous diriez, c'est ma délicatesse,

26ᵉ Et l'Ananas, c'est vous, c'est la perfection

30ᵉ Comme de vos bontés, la fleur de Cen-
(taurée

31ᵉ Vous eût dit mon orgueil et ma félicité ;

33ᵉ Traduisant à la fois mon bonheur, mon
(désir ;

34ᵉ Mon bonheur, que le ciel vous fit sa pro-
(tégée,

36ᵉ Mon désir, voyez-vous, serait qu'une ca-
(resse,

37ᵉ Fût, contre mon amour, donnée avec ten-
(dresse.

2ᵉ VARIANTE :

*A une mère, une sœur, une belle-sœur, une grand'mère, une
belle-mère, une cousine, une amie de la famille, une tante,
une marraine, une tutrice, une protectrice.*

23ᵉ *vers :* Nélomba, tendre mère, est sagesse in-
(finie,

— bonne sœur, ⎫

— belle-sœur, ⎬ est sagesse

— ma grand'mère, ⎪ infinie ;

— belle-mère, ⎭

23ᵉ *vers :* Nélomba, ma cousine,

    —   bonne amie,

    —   bonne tante,   est sagesse

    —   ma marraine,   infinie ;

    —   ma tutrice,

    —   bienfaitrice,

3ᵉ VARIANTE :

A un père, un frère, un beau-frère, un grand-père, un beau-
père, un cousin, un oncle, un parrain, un ami de la fa-
mille, un tuteur, un protecteur, un bienfaiteur.

23ᵉ *vers :* Nélomba, mon cher père, est sagesse in-
                                   (finie,

    —   mon cher frère,

    —   mon beau frère,

    —   mon grand-père,

    —   mon beau-père,   est sagesse

    —   mon cousin,   infinie,

    —   mon cher oncle,

    —   cher parrain,

    —   cher ami, c'est sagesse infinie,

    —   cher tuteur,

    —   protecteur,   est sagesse

    —   bienfaiteur,   infinie.

4ᵉ VARIANTE :

Aux mêmes.

32ᵉ *vers :* L'Armoise et la Jonquille exprimant ma
                                   (pensée.

54e *vers :* Mon bonheur, que le ciel te protégeant
(sans cesse

55e Vit tes moindres souhaits à l'instant
(s'accomplir.

BOUQUET.

UN PETIT ENFANT, GARÇON OU FILLE.

A tout le monde qu'il tutoie.

Réunis, formant bouquet,
Joints à rien, à peu de chose,
L'Œillet, le Jasmin, la Rose
Le rendent gentil, coquet.
Prends ces fleurs ainsi liées,
Modeste et doux souvenir,
Comme elles, dans l'avenir,
Que jamais nos destinées
Ne puissent se désunir.

VARIANTE :

Quand on ne tutoie pas.

5e *vers :* Acceptez ces fleurs liées.

BOUQUET.

GARÇON OU FILLE.

A tout le monde qu'il tutole.

Alors que j'ignorais le langage des fleurs,
J'eusse formé bientôt un bouquet pour ta fête,
Soit cueilli de ma main, soit que j'en fisse emplette,
J'eusse pris le seul soin d'assortir les couleurs.
Agir de même encor serait impertinence; (pense.
Aussi, mon embarras est plus grand qu'on ne
Je prends la Citronelle, hélas! c'est la douleur;
Je choisis la Lavande, ah! ciel, c'est méfiance!
Le Cyprès, c'est le deuil; le Cytise, noir cœur;
Le Narcisse des prés, espérance trompeuse;
La Rose jaune encor, c'est l'infidélité;
Et la Simple! ah! d'esprit c'est la simplicité;
La Musquée, elle dit : Beauté capricieuse.
Juge alors si je suis des plus désappointés,
Alors que tant de fleurs sont l'emblème des vices,
Des plus petits défauts ou des moindres caprices,
Tandis qu'on trouve en toi toutes les qualités.
Pour ne pas m'exposer à faire une méprise,
Je n'offre pour bouquet qu'une petite fleur,
Et mes souhaits au ciel pour qu'il te favorise
Au point de ne filer pour toi que du bonheur.

VARIANTE :

Quand on ne tutoie pas.

2e *vers* : J'eusse fait un bouquet bientôt pour vo-
(tre fête,

14e   Jugez comme je suis des plus désap-
(pointés,

17e   Tandis qu'on trouve en vous toutes les
(qualités.

20e   Et mes souhaits au ciel pour qu'il vous
(favorise

21e   Au point de ne filer pour vous que du
(bonheur.

BOUQUET.

GARÇON OU FILLE.

A tout le monde qu'il tutoie.

Comme l'expression muette
Du plus aimant de tous les cœurs,
En bouquet, vois, j'ai, pour ta fête,
J'ai réuni ces quelques fleurs :
Avec la Rose, la Verveine,
L'Œillet rouge et la Marjolaine.
Je voudrais encore t'offrir
Petit cadeau pour souvenir ;
Alors que le tendre langage
De ces fleurs dirait mon amour,

Ce cadeau dirait, à son tour :
C'est pour toujours, j'en suis le gage,
J'ai le vouloir, mais c'est en vain,
Je ne sais encore rien faire ;
Ah! je vais m'appliquer, j'espère,
Tant et tant que, dès l'an prochain,
Tu recevras toujours des cadeaux de ma main.

VARIANTE :

Quand on ne tutoie pas.

5e *vers* : En bouquet, j'ai pour votre fête,
7e   Je voudrais encor vous offrir
18e   Vous recevrez toujours des cadeaux de
                                              (ma main.

BOUQUET.

GARÇON OU FILLE.

A tout le monde qu'il tutoie.

Je fais des vœux! oh! mais, j'en fais
A l'occasion de ta fête !
Premièrement, je te souhaite
Des jours sans nombre, tous parfaits ;
Puis, que tu conserves, sans cesse,
Pour moi, cette vive tendresse
Qui charme et captive mon cœur;
Et puis, que tu trouves encore

Dans cet Œillet, qui vient d'éclore,
Et que je t'offre avec bonheur
De mon amour le doux emblème ;
J'allais, pour te peindre toi-même,
Joindre encor des fleurs à l'Œillet,
Faire un bouquet ; quelle folie !
Où trouver jamais, je te prie,
Un assortiment si complet
Qu'il pût rendre à la fois tes vertus, ton génie,
Tes tendres soins, et tes bontés,
Et tes mille autres qualités,
Avec ma tendresse infinie ?

VARIANTE :

Quand on ne tutoie pas.

2e *vers :* J'en fais beaucoup pour votre fête ;
3e   Premièrement, je vous souhaite
5e   Puis que vous conserviez, sans cesse
8e   Puis que vous trouviez, encore
10e   Que je vous offre avec bonheur
12e   J'allais, pour vous peindre vous-même,
15e   Où trouver jamais, je vous prie,
17e   Qu'il pût rendre à la fois votre rare
                              (génie,
18e   Vos tendres soins et vos bontés,
19e   Et vos mille autres qualités ?

ÉPITRES.

ÉPITRE.

GARÇON OU FILLE.

A une mère absente, et à tout le monde qu'il tutoie.

Une fleur est bien peu de chose
    Comme gage de souvenir ;
Et, cependant, ne fût-ce qu'une Rose
    Que je tiendrais à te l'offrir!
C'est qu'alors je serais près de celle que j'aime,
Enlacé dans ses bras, savourant le bonheur
    De la presser contre mon cœur,
  Lorsqu'à sa fête, hélas! je n'ai pas même
Le plaisir de la voir, de l'entendre parler.
    Reviens, arrive, et ta présence
    Dissipe les maux de l'abence,
    Reviens pour ne plus t'en aller;
    Reviens, arrive, et plus de lettre
    Pour exprimer mon sentiment,
    Un doux et tendre embrassement
    Ne vaut-il pas cent fois, peut-être,
    Des écrits le plus éloquent ?
    Comme aussi baisers, embrassades,
    Sur le papier sont toujours fades ;
    Reçois tous les miens cependant.

1re VARIANTE :

Quand on ne tutoie pas.

4e *vers* : Que je tiendrais à vous l'offrir

10ᵉ *vers:* Revenez, et votre présence
12ᵉ   Revenez pour ne plus vous en aller ;
15ᵉ   Revenez, dès lors plus de lettre
20ᵉ   Recevez les miens cependant.

2ᵉ VARIANTE :

A ses père, frère, beau-frère, beau-père, grand-père, oncle,
parrain, cousin, ami, tuteur, protecteur, bienfaiteur.

5ᵉ *vers :* C'est qu'alors je serais près de celui que
(j'aime,

7ᵉ   De le presser contre mon cœur,
9ᵉ   Le plaisir de le voir, de l'entendre parler.

ÉPITRE.

GARÇON OU FILLE, ABSENT.

A une mère, une grand'mère ou [une belle-mère qu'il tutoie.

Comme je l'attendais, ce beau jour de ta fête !
Comme je l'attendais ! mais impatiemment,
Afin de t'exprimer à quel point je regrette
De n'être plus auprès de ma chère maman.
C'est un mal bien cruel que celui de l'absence....
Il torture sans cesse impitoyablement.
C'est ta fête ; laissons et regret et souffrance,
      Et ne gardons que l'espérance
      D'un tendre et doux rapprochement.

Je suis privé de tes caresses,
Tendres baisers, quand tu me presses
Contre le plus aimant des cœurs ;
Je ne puis t'envoyer des fleurs ;
En revanche, et par kyrielle,
Je fais au ciel, je fais des vœux,
Que chaque jour je renouvelle
Pour que tes jours soient tous heureux,

1ʳᵉ VARIANTE :

Quand on ne tutoie pas.

1ᵉʳ *vers :* Comme je l'attendais, ce jour de votre
(fête !

5ᵉ   Afin de vous écrire à quel point je re-
(grette

7ᵉ   Laissons, c'est votre fête, et regret et
(souffrance,

10ᵉ   Je suis privé de vos caresses,

11ᵉ   De vos délirantes tendresses

15ᵉ   Je ne puis pas vous envoyer des fleurs ;

17ᵉ   Pour que vos jours soient tous heureux.

2ᵉ VARIANTE :

A une grand'mère ou une belle-mère.

4ᵉ *vers :* De ne plus être auprès de toi, ma grand-
(maman,

De ne plus être auprès de toi, belle-ma-
(man.

ÉPITRE.

GARÇON OU FILLE.

A un père, un beau-père, un grand-père absents qu'il tutoie.

Ce que pour toi je ressens dans mon cœur,
J'aurais beau le vouloir, je ne saurais le rendre ;
   C'est, à la fois, dans leur plus vive ardeur,
   C'est, à la fois, l'amitié la plus tendre,
Le doux attachement, le plus suave amour ,
   Je crois te voir, te parler et t'entendre
      A toute heure du jour ;
La nuit, je rêve à toi, tu m'apparais en songe,
      Et, quand vient le réveil,
Je me trouve isolé; ce n'était qu'un mensonge,
Et mon bonheur s'enfuit aux rayons du soleil.
Oh ! vois, je t'aime trop pour supporter l'absence,
Reviens, reviens bientôt, reviens auprès de nous,
Cher père, à nos regrets, à la triste espérance,
      Par ta douce présence
Viens faire succéder un sentiment bien doux,
C'est ta fête demain, tu me verrais paraître,
Satisfait, radieux, à la main une fleur,
Réclamer un baiser—j'en voudrais deux peut-être,
Et me précipiter dans tes bras, sur ton cœur.
Reviens, reviens bientôt, tu ne peux t'en défendre,
Et reçois de ton fils un bon baiser, bien tendre.

1ʳᵉ VARIANTE :

Quand on ne tutoie pas.

1ᵉʳ *vers* : Ce que pour vous je ressens dans mon
(cœur,

6ᵉ   Je crois vous voir, vous parler, vous
(entendre,

8ᵉ   La nuit, je rêve à vous, vous provoquez
(mes songes,

10ᵉ   Je me trouve isolé, ce n'étaient que
(mensonges

11ᵉ   Qui font évanouir les rayons du so-
(leil,

12ᵉ   Oh ! je vous aime trop pour supporter
(l'absence,

13ᵉ   Revenez promptement, revenez près de
(nous,

15ᵉ   Votre douce présence

16ᵉ   Oh ! ferait succéder un sentiment bien
(doux.

17ᵉ   C'est votre fête, alors vous me verriez
(paraître

18ᵉ   Satisfait, radieux, vous offrant une fleur

20ᵉ   Vous serrer dans mes bras, vous pres-
(ser sur mon cœur.

21ᵉ   Oh ! ne vous faites plus, je vous en
(prie, attendre,

22ᵉ   Et recevez un bon baiser, bien tendre.

2ᵉ VARIANTE ;

Pour une fille :

18ᵉ *vers :* Heureuse, satisfaite et t'offrant une fleur
20ᵉ   Et reçois de ta fille, un bon baiser bien
                       (tendre

3ᵉ VARIANTE :

A un grand-père, un beau-père :

14ᵉ *vers :* Grand-père, à nos regrets, à la triste
                       (espérance,
         Beau-père, à nos regrets, à la triste
                       (espérance.

EPITRE.

GARÇON OU FILLE, ABSENT.

A son père et à tout le monde qu'il tutoie.

Si je croyais, en appliquant
La journée entière à l'étude,
Presser notre rapprochement,
Avec quelle sollicitude
Je travaillerais constamment ;
Mais parlons d'abord de ta fête
Et des vœux que j'adresse aux cieux :
Une félicité complète,
Tout ce qui peut te rendre heureux,
Mon cher papa, je te souhaite.

Puis, revenant à nos moutons,
Je te dirai que je regrette
Tes tendres soins, si doux, si bons;
Puis, j'ai beau vouloir m'en défendre,
Je regrette de ton amour
L'expression et vive et tendre;
J'y pense au moins cent fois par jour;
Puis, je regrette bien encore.....
Mais, non; je ne vais pas plus loin;
D'exprimer mes regrets est-il si grand besoin?
Adieu, je t'embrasse et t'adore.

1re VARIANTE :

Quand on ne tutoie pas.

6e *vers* : Mais tout d'abord, parlons de votre fête
  9e   Tout ce qui peut vous rendre heureux,
 10e   Mon cher papa, je vous souhaite,
 12e   Je vous dirai que je regrette
 13e   Vos tendres soins si doux, si bons;
 15e   Je regrette de votre amour
 21e   Je vous embrasse et vous adore.

2e VARIANTE :

A ses mère, grand-père, grand'mère, beau-père, belle-mère, frère, sœur, beau-frère, belle-sœur, oncle, tante, cousin, cousine, parrain, marraine, ami, amie, tuteur, tutrice, bienfaiteur, bienfaitrice, protecteur, protectrice.

10e *vers* : Chère maman, je te souhaite
      Mon grand-papa,   } je te souhaite
      Ma grand'maman,

8e *vers* : Mon beau-père, je te souhaite

Belle-maman,
Mon cher frère,
Ma chère sœur,
Cher beau-frère,
Ma belle-sœur,
Mon cher oncle,
Chère tante,
Mon cher cousin,
Ma cousine,
Mon cher parrain,
Ma marraine,
Mon cher ami,
Mon amie, oh!
Mon cher tuteur,
Ma tutrice,
Cher bienfaiteur,
Bienfaitrice,
Cher protecteur,
Protectrice,

} je te souhaite

ÉPITRE.

GARÇON OU FILLE.

A son frère absent et à tout le monde qu'il tutoie.

Pourquoi t'éloigner ainsi ?
Mon cher frère, reviens vite,

Ton absence me dépite,
J'en suis attristé, marri :
C'est la veille de ta fête ;
L'an dernier, à pareil jour,
Notre joie était complète :
Nous te disions notre amour,
Le cœur palpitant d'ivresse ;
Pris et rendus tour à tour
Parole, baiser, caresse,
Avaient un charme si grand
Qu'on ne saurait le décrire.
Hélas ! je n'ai maintenant
Que le plaisir de t'écrire
Et de faire mille vœux ;
Un écrit, des vœux, c'est fade,
Quand une seule embrassade
Me rendrait heureux, heureux.

1re VARIANTE :

Quand on ne tutoie pas.

1er *vers :*	Pourquoi vous éloigner ainsi ?
2^e	Mon cher frère, revenez vite,
3^e	Car votre absence me dépite,
4^e	J'en suis attristé, bien marri ;
5^e	C'est la veille de votre fête.
6^e	Comme la joie était complète,
7^e	L'an dernier, quand brilla ce jour !
8^e	Nous vous parlions de notre amour,
9^e	Le cœur tout palpitant d'ivresse ;
10^e	Donnés et rendus tour à tour

4.

11e *vers* : Tendre propos, baiser, caresse
12e   Avaient un charme délirant
13e   Qu'on ne pourra jamais décrire;
14e   Hélas! tandis que maintenant
15e   Je n'ai que le plaisir d'écrire
16e   Et de faire au ciel mille vœux;
17e   Un écrit, des vœux, c'est bien fade
18e   Alors qu'une seule embrassade,
19e   Venant de vous, me rend heureux.

2e VARIANTE :

A ses père, mère, sœur, beau-frère, belle-sœur, grand-père, grand'mère, beau-père, belle-mère, oncle, tante, cousin, cousine, parrain, marraine, ami, amie, tuteur, tutrice, bienfaiteur, bienfaitrice, protecteur, protectrice.

2e *vers* : Mon cher père, reviens vite,
        Bonne mère,
        Ma tendre sœur,
        Cher beau-frère,
        Ma belle-sœur,
        Cher grand-père,
        Ma grand'-maman,
        Cher beau-père,
        Belle-maman,
        Mon cher oncle,
        Bonne tante,
        Mon bon cousin,
        Ma cousine,
        Mon cher parrain,
        Ma marraine,
        Mon doux ami,

reviens vite,

2e *vers* : Douce amie, oh! reviens bien vite,
Mon cher tuteur,
Ma tutrice,
Cher bienfaiteur,
Bienfaitrice,
Bon protecteur,
Protectrice,

} reviens vite,

ÉPITRE.

GARÇON OU FILLE, ABSENT.

A sa sœur et à ses père, mère, frère, beau-frère, belle-sœur, grand-père, grand'mère, beau-père, belle-mère, oncle, tante, cousin, cousine, parrain, marraine, ami, tuteur, tutrice, bienfaiteur, bienfaitrice, protecteur, protectrice.

Nous sommes séparés, ma bonne sœur que j'aime,
Mon avenir le veut, je n'en murmure pas,
Mais, toujours plein de toi, que je regrette, hélas!
Tes caresses, tes soins, et tes boutades même ;
Aussi, pour rapprocher notre réunion,
    Avec ardeur je travaille à m'instruire,
    Ayez espoir, bientôt va luire
Ce jour où je serai premier dans ma pension ;
Va, je terminerai promptement mes études,
De grand cœur, je m'applique et toujours et beaucoup ;
Mes travaux fussent-ils encor cent fois plus rudes,
Pour revenir vers toi je surmonterai tout.

Voilà donc ce que je projette :
Mais non, je l'exécute ; aussi, dans ce moment,
Tu me verrais travailler ardemment,
— Si je ne t'écrivais pour souhaiter ta fête
Dans le but d'activer notre rapprochement. —
Je dois l'avouer, cependant,
Je dérobe toujours des moments à ma classe
Pour demander au ciel de faire ton bonheur,
Et je le lui demande avec grande ferveur,
Ma chère sœur que j'embrasse.

1re VARIANTE :

Quand on ne tutoie pas.

3e *vers :* Mais toujours plein de vous, que je re-
(grette, hélas !

4e Vos caresses, vos soins et vos boutades
(même ;

7e Ayez espoir, bientôt va luire

9e Sûr, je terminerai promptement mes
(études,

12e Pour revenir vers vous je surmonterai
(tout.

15e Vous me verriez travailler ardemment,

16e Si je n'écrivais pas pour marquer votre
(fête

20e Pour demander au ciel, pour vous, joie
(et bonheur,

2ᵉ VARIANTE :

*A ses père, mère, frère, beau-frère, belle-sœur, beau-
père, belle-mère, grand-père, grand'mère, oncle, tante,
cousin, cousine, parrain, marraine, ami, tuteur, tutrice,
bienfaiteur, bienfaitrice, protecteur, protectrice.*

1ᵉʳ *vers* : Nous sommes séparés, mon bon père
que j'aime,

Nous sommes
séparés,
{
Tendre mère que j'aime,
Mon bon frère que j'aime,
mon beau-frère que j'aime,
ma belle-sœur que j'aime,
mon beau-père que j'aime,
belle-mère que j'aime,
}

Ainsi de suite pour les suivants :

22ᵉ *vers* : Père chéri que j'embrasse,
Tendre mère
Mon cher frère,
Cher beau-frère,
Ma belle-sœur,
Cher beau-père,
Belle-mère,
}
que j'em-
brasse,

Mêmes variantes pour les suivants :

ÉPITRE.

GARÇON OU FILLE, ABSENT.

A ses oncle et tante et à tout le monde qu'il tutoie.

Grands dieux! comme l'absence est une triste
(chose,
    Que de regrets, que de tourments!
Pourquoi faut-il qu'ainsi de nous le sort dispose
Et dirige, à son gré, nos divers sentiments!
L'un c'est l'ambition, l'autre c'est l'avarice
Qui le tient éloigné de ses affections;
Ceux-là se voient contraints à grossir la milice;
Et moi, pauvre écolier, à suivre mes leçons;
Ce n'est pas, cependant, qu'ici j'aie à me plaindre:
De tous mes professeurs je n'ai qu'à me louer,
Justes, sévères, bons; nul de nous ne doit craindre
Mon oncle, un passe-droit; il le faut avouer.
Aussi que, près de moi, se trouvent ceux que j'aime,
    Et je bénis mon sort.
Mais laissons les regrets, soyons heureux quand
(même :
    C'est ta fête d'abord;
Et quand de tes amis une bande joyeuse
    S'empresse à te fêter,
De mes plaintes, moi seul, cette journée heureuse,
    Je viendrais l'attrister?

Non, non; je veux aussi ma part de l'allégresse
    Qui brille dans vos yeux :
Accepte pour bouquet une bonne caresse,
    Mon respect et mes vœux.

1re VARIANTE :

Quand on ne tutoie pas.

16e *vers* : C'est aujourd'hui votre fête d'abord ;
17e   Et quand de vos amis une bande joyeuse
18e   S'empresse à vous fêter,
23e   Acceptez, pour bouquet, une bonne car-
                                  (resse.

2e VARIANTE :

A ses tante, père, mère, frère, sœur, beau-frère, beau-père, grand-père, grand'mère, cousin, cousine, tuteur, tutrice, amie.

12e *vers* : Ma tante, un passe-droit, il le faut avouer,
           Ma mère,
           Mon père,
           Mon frère,
           Ma sœur,
           Beau-frère,
           Grand-père,   un passe-droit,
           Grand'mère,   il le faut avouer,
           Cousin,
           Cousine,
           Tuteur,
           Tutrice,
           Amie,

A une belle-sœur, une belle-mère, un bienfaiteur, une bien-
faitrice, un protecteur, une protectrice, un ami.

12ᵛ *vers* : Le moindre passe-droit, il le faut avouer,

3ᵉ VARIANTE.

A un frère, une sœur, un beau-frère, une belle-sœur, un
cousin, une cousine, un ami, une amie.

24ᵉ *vers* : Mon amour et més vœux.

4ᵉ VARIANTE :

Pour une demoiselle.

10ᵉ *vers* : Maîtresse, professeur, je n'ai qu'à m'en
(louer,

ÉPITRE.

GARÇON OU FILLE, ABSENT.

A sa marraine ou à son parrain qu'il tutoie.

Lequel des deux, lequel est créancier ?
Je te dois, tu me dois, ce serait une histoire
    Si, pour règler notre mémoire,
        Il fallait le vérifier.
A peine étais-je né, l'eau sainte du baptême,
    Par tes soins, coule sur mon front,
    Et ta plus grande attention
Est de veiller à mon bonheur suprême :
Pour satisfaire l'un, l'autre le prévenir,
Tu sembles deviner mon besoin, mon désir,

Pour tes mille bons soins, moi, je mets en balance
Mon respect, mon amour et ma reconnaissance,
Bien sentis, dévoués, et ces trois sentiments,
Marraine, dans mon cœur seront toujours constants.
Dois-je porter encor le chagrin que j'éprouve,
Lorsque, comme aujourd'hui, loin de toi je me
(trouve?
Lorsque, pour te fêter, l'absence me réduit
A n'avoir pour moyen qu'un froid et pâle écrit,
Impuissant même à rendre
Mes prières, mes vœux, pour qu'à jamais le ciel
Tisse tes jours nombreux d'or, de soie et de miel,
Adieu, reçois, marraine, un baiser doux et tendre,

1re VARIANTE :

Quand on ne tutoie pas.

2e vers :	Je vous dois plus qu'on ne peut croire,
	Vous me devez aussi, ce serait une histoire,
6^e	Par vos soins coule sur mon front
7^e	Votre plus grande attention,
10^e	Vous semblez deviner mon besoin, mon (désir.
11^e	Pour vos mille bons soins, moi, je (mets en balance
16^e	Lorsque, comme aujourd'hui, loin de (vous je me trouve,
17^e	Lorsque, pour vous fêter, l'absence me (réduit,
21^e	Fasse briller, pour vous, douce lune de miel.
22^e	Marraine, recevez, un baiser doux et tendre.

2ᵉ VARIANTE :

A un parrain.

14ᵉ *vers* : Mon parrain, dans mon cœur seront
(toujours constants.

22ᵉ Adieu, parrain, reçois un baiser doux
(et tendre.

Quand on ne tutoie pas.

22ᵉ *vers* : Cher parrain, recevez un baiser doux
(et tendre.

ÉPITRE.

GARÇON OU FILLE, ABSENT.

A son cousin et à tout le monde qu'il tutoie.

Si je pouvais régler les choses
Tout aussi bien que je voudrais,
Mon cher cousin, je t'offrirais
Plaisir, bonheur à pleines doses :
J'en donnerais pour la bonté,
Pour les bons soins, pour la tendresse,
Pour la douce fraternité
Que tu me prodigues sans cesse.
Je réglerais l'absence encor :
Jamais sa plus longue durée,
Pour si loin qu'on prît son essor;
N'atteindrait un mois de l'année.
Alors qu'il en serait ainsi,
Bien loin d'écrire pour ta fête,

Je viendrais, le cœur réjoui,
La souhaitant bonne, parfaite,
T'exprimer mes vœux, mes souhaits,
Afin que le ciel te réserve
Une suite de jours parfaits ;
Priant surtout qu'il me conserve
Tes tendres soins, à tout jamais,

1re VARIANTE :

Quand on ne tutoie pas.

3e *vers* : Mon cousin, je vous offrirais
8e   Que vous me prodiguez sans cesse
14e   Je n'écrirais pour votre fête,
17°   Vous dire mes vœux, mes souhaits,
18e   Afin que le ciel vous réserve
21e   Vos tendres soins, à tout jamais.

2e VARIANTE :

A ses mère, père, frère , sœur, beau-frère, belle-sœur, grand-père, grand'mère, beau-père, belle-mère, oncle, tante, cousine, parrain, marraine, ami, bienfaiteur, bienfaitrice, protecteur, protectrice, tuteur, tutrice.

3° *vers :* Chère maman, je t'offrirais.

Petit papa,
Mon cher frère,
Ma tendre sœur,
Cher beau-frère,
Ma belle-sœur,   } Je t'offrirais.
Mon grand-papa,
Ma grand' maman,
Cher beau-père
Belle-mère,

5ᵉ *vers* : Mon oncle aimé, je t'offrirais,
      Chère tante,
      Ma cousine,
      Mon cher parrain,
      Ma marraine,
      Mon cher ami,
      Cher bienfaiteur.   } je t'offrirais.
      Bienfaitrice,
      Cher protecteur,
      Protectrice,
      Mon bon tuteur,
      Ma tutrice,

*Quand on ne tutoie pas ; pour une belle-mère, une protec-
trice, une bienfaitrice, changer ainsi le 5ᵉ vers :*

A belle-mère j'offrirais.
A protectrice j'offrirais.
A bienfaitrice j'offrirais.

EPITRE.

GARÇON OU FILLE, ABSENT OU PRÉSENT.

A une amie de la famille, absente ou présente, qu'il tutoie.

Je voudrais, ô notre amie !
D'une amitié bien sentie
Dans sa douce effusion,
Te peindre l'expression.
Ta fête va me permettre,
Grâce à cette occasion,

De dire, dans cette lettre,
Si, pour nous, ton cœur est bon :
Ta douceur, tes complaisances,
Tes soins et tes prévenances
Pour moi, pour tous mes parents ;
Pourrions-nous les reconnaître,
A moins de vivre cent ans,
Et même au delà, peut-être ?
Oh! vois, nous te chérissons
D'une amitié bien sincère ;
Que le ciel te soit prospère
Tout autant que nous t'aimons !
Alors les jours de ta vie,
Tous les jours également,
Se passeront, bonne amie,
Dans un vrai ravissement.

VARIANTE :

Quand on ne tutoie pas.

4ᵉ *vers :* Vous peindre l'expression,
5ᵉ   Votre fête va me permettre,
6ᵉ   Et j'en bénis l'occasion,
7ᶜ   De vous dire, dans cette lettre,
8ᵉ   Si, pour nous, votre cœur est bon ;
9ᵉ   Votre douceur, vos complaisances,
10ᵉ   Vos tendres soins, vos prévenances
11ᵉ   Pour moi, comme pour mes parents ;
15ᵉ   Aussi, nous vous chérissons,

17ᵉ *vers* : Que le ciel vous soit prospère
18ᵉ   Autant que nous vous aimons !
19ᵉ   Tous les jours de votre vie
20ᶜ   Dès lors, tous également.

ÉPITRE.

GARÇON OU FILLE, ABSENT.

**A un protecteur et à une protectrice, à un bienfaiteur et à
une bienfaitrice, à un tuteur et à une tutrice qu'il tutoie.**

O comme je voudrais venir, moi-même, dire
    De vive voix : je t'aime! mais là, bien,
Plutôt que d'être ainsi réduit à te l'écrire,
Mon aimé protecteur, mon appui, mon soutien,
Que ne te dois-je point? Dès ma première enfance
Tu m'entoures de soins, me combles de bienfaits!
Mais aussi, mon amour et ma reconnaissance
    Te sont acquis à tout jamais.
Si j'étais près de toi, je marquerais ta fête
    Par un baiser tendre et respectueux,
Par une fleur, gage ou bien interprète,
A la douce amitié souvenir précieux !
Mais hélas! je suis loin, et, malgré ma tendresse,
Je ne puis rien, mais rien, si ce n'est des souhaits
Afin qu'un jour le ciel te rende, avec largesse,
Du bonheur pour tes soins et tes nombreux bien-
    Plus tard, grandi, je pourrai par moi-même, (faits.
Dans mon entier et tendre dévoûment,
Te témoigner jusqu'à quel point je t'aime,
Je te respecte et suis reconnaissant.

1re VARIANTE :

Quand on ne tutoie pas.

2e *vers :* De vive voix, je vous aime ! mais bien,

3e   Plutôt que d'être ainsi réduit à vous
                    (l'écrire,

5e   Que ne vous dois-je point ? Dès ma
                    (première enfance,

6e   Vous m'entourez de soins, me comblez
                    (de bienfaits !

8e   Vous sont acquis à tout jamais.

9e   Si j'étais près de vous, pour marquer
                    (votre fête

10e   J'offrirais un baiser tendre et respec-
                    (tueux,

11e   Puis, encore une fleur, gage ou bien
                    (interprête

15e   Afin qu'un jour le ciel vous rende,
                    (avec largesse,

16e   Du bonheur pour vos soins et vos nom-
                    (breux bienfaits,

19e   Vous témoigner et combien je vous
                    (aime,

20e   Et vous respecte et suis reconnaissant.

2e VARIANTE :

Une demoiselle.

3e *vers :* Plutôt que d'être ainsi réduite à te l'é-
                    (crire ;

19e *vers :* Grandie, alors je pourrai par moi-même.

3e VARIANTE:

A un bienfaiteur, un tuteur.

4e *vers :* Mon aimé bienfaiteur, mon guide, mon
(soutien.
Mon bien aimé tuteur, mon guide, mon
(soutien.

5e VARIANTE :

A une protectrice, une bienfaitrice ou une tutrice.

4e *vers :* Ma protectrice aimée et dévoué soutien.
Ma bienfaitrice aimée et dévoué soutien.
Ma tutrice que j'aime et dévoué soutien.

ÉPITRE.

GARÇON CU FILLE, ABSENT.

A un instituteur ou une institutrice que l'on vient de quitter.

Si j'eusse apprécié votre sage parole,
Vos conseils paternels, j'aurais, dans votre école,
Un peu mieux profité de vos bonnes leçons.
Je comprends, aujourd'hui, combien nous vous
(devons :
Votre grand dévoûment, vos bontés pour l'enfance,
Vos tendres soins pour tous, votre abnégation

Qui porte au dernier point, chez vous, la patience.
Que je serais ingrat ! lorsque l'occasion,
Mon cher instituteur, que m'offre votre fête
Me permet d'exprimer mon admiration
Et ma reconnaissance éternelle, complète ;
Que je serais ingrat, si je passais ce jour
Sans vous donner, au moins, quelque signe de vie !
Par moi-même impuissant, que le ciel, en retour
De ce que je vous dois, dans sa grâce infinie,
Daigne exaucer mes vœux, et, comblant mes sou-
(haits,
Répande à pleines mains, sur vous, tous ses bien-
(faits.

VARIANTE :

A une Institutrice.

9e *vers* : Ma chère institutrice, amenant votre fête.

ÉPITRE.

UN PETIT GARÇON.

A sa belle-mère, sa mère, sa grand'mère qu'il tutoie.

Pour te fêter, belle maman,
Jusqu'à la dernière année
D'une façon parfois guindée
Je te disais un compliment ;
Mais aujourd'hui, je suis trop grand
Pour développer d'autre idée

Que celle qui m'est inspirée
Par tes soins de chaque instant
Je t'écris donc sous la dictée
D'un tendre cœur reconnaissant.
Pour tes bontés, je te dois tant
Que, tu verras, ma bien-aimée,
Mon âme à tes vœux consacrée :
Je n'aurai plus, dorénavant,
D'autre vouloir, d'autre pensée
Que de plaire à belle-maman
A qui je donne, tendrement,
Une embrassade bien serrée.

1re VARIANTE :

A une mère.

1er *vers :* Pour te fêter, chère maman,
16e   Que de plaire à bonne-maman.

A une grand'mère.

1er *vers :* Pour te fêter, ma grand'maman,
16e   Que de plaire à ma grand'maman.

2e VARIANTE :

Quand on ne tutoie pas.

1er *vers :* Pour vous fêter, belle-maman,
4e   Je vous disais un compliment ;
8e   Par vos bons soins de chaque instant
9e   Je vous écris sous la dictée
11e   Pour vos bontés je vous dois tant
12e   Que vous verrez, ma bien-aimée,

13e *vers :* Mon âme toujours consacrée
14e   A n'avoir plus, dorénavant,
15e   De volonté ni de pensée
16e   Que de plaire à bonne-maman.

LA MÊME.

UNE FILLE...

A sa grand'mère, sa mère, sa belle-mère qu'elle tutoie.

Te souviens-tu, ma grand'maman,
Encore à ta fête passée,
Que je venais raide, guindée
Te réciter un compliment ?
Je ne veux plus, dorénavant,
Recourir à d'autre pensée
Que celle qui m'est inspirée
Par ton amour de chaque instant :
Je serai moins embarrassée
En t'écrivant sous la dictée
D'un cœur tendre, reconnaissant.
Je demande au ciel ardemment
Qu'à commencer dès cette année,
Il te donne, ma grand'maman,
Une chaîne de jours perlée
De bonheur, de ravissement.
Voilà les vœux de ton enfant
Respectueuse et dévouée
Qui t'embrasse bien tendrement,

1re VARIANTE :

Quand on ne tutoie pas.

1er *vers :*	Vous souvient-il, ma grand'maman,
2^e	Que je venais raide et guindée,
3^e	Même à votre fête passée,
4^e	Vous réciter un compliment ?
8^e	Par vos bontés de chaque instant :
10^e	En écrivant sous la dictée
14^e	Il vous donne, ma grand-maman,
17^e	Voilà les vœux de votre enfant,
19^e	Qui vous embrasse tendrement.

2e VARIANTE :

A une mère ou à une belle-mère.

1er *vers :*	Te souviens-tu, bonne-maman,
	Te souviens-tu, belle-maman,
14^e	Il te donne, chère maman
	Il te donne, belle-maman.

EPITRE.

UN GARÇON.

A ses bienfaiteur, père, frère, beau-père, grand-père, cousin, oncle, ami de la famille, parrain, protecteur.

Mon bienfaiteur, quel jour que le jour de ta fête,
Lorsqu'on peut, comme toi, compter autant d'amis !

Quand chacun à l'envi désire qu'on l'admette
Parmi ceux que ton cœur voudrait voir rénnis?
O ! quel beau jour alors que femme, frère, fille,
     Guidés par leur amour,
Tous les ans, radieux, viennent à pareil jour
Resserrer les liens d'une heureuse famille !
O, je veux, comme toi, je veux être toujours
Probe, honnête, obligeant, doux, affable, sincère,
Indulgent pour autrui, pour moi, juge sévère.
Répandant les bienfaits en fructueux secours,
O, je t'imiterai ! plein d'un noble courage,
Pour acquérir, un jour, du savoir, des talents;
Déjà, dès aujourd'hui, je veux, malgré mon âge,
A l'étude donner jusqu'aux moindres instants :
J'en excepte pourtant ceux que ta complaisance,
Ton amitié si grande et tes nombreux bienfaits
Me feront consacrer à la reconnaissance
     Que je te voue à tout jamais.

1re VARIANTE :

Quand on ne tutoie pas.

1er *vers :* Qu'il est beau, bienfaiteur, le jour de
                    (votre fête,

2e   Lorsqu'on peut, comme vous, compter
                    (de vrais amis,

3e   Quand chacun à l'envi désire qu'on
                    (l'admette

4e   Au nombre de ceux-là, près de vous
                    (réunis ?

9ᵉ *vers* : O, je veux, comme vous, je veux être
(toujours,

13ᵉ Je vous imiterai ! plein d'un noble cou-
(rage,

17ᵉ J'en excepte ceux-là que votre complai-
(sance,

18ᵉ Votre amitié si grande et vos nombreux
(bienfaits,

2ᵉ Que je vous voue à tout jamais.

2ᵉ VARIANTE :

Un père, un frère, un grand-père, un beau-père, un cousin, un oncle, un ami de la famille, un parrain, un protecteur.

1ᵉʳ *vers* : Mon père, quel beau jour que celui de
(ta fête,

Mon frère, quel beau jour que celui de
(ta fête,

Grand-père,
Beau-père,
Cher cousin, } Quel beau jour que
Cher oncle, celui de ta fête.
Notre ami,
Mon parrain,

Mon protecteur, quel jour que celui de ta fête.

3ᵉ VARIANTE :

Un père, un frère, un grand-père, un beau-père, un cousin, un oncle, un parrain, un ami de la famille, un protecteur.

5ᵉ *vers* : O, quel beau jour encor, quand femme,
(frère, fille.

EPITRE.

UNE FILLE.

A sa grand'mère, sa mère, sa belle-mère, sa sœur, sa belle-sœur, sa tante, sa cousine, sa marraine, sa tutrice.

Demain, ma grand'maman, c'est le jour de ta fête ;
Hélas ! je n'ai pas lieu d'en être satisfaite :
Un cadeau, tel qu'il fût, j'aurais voulu t'offrir ;
La moindre chose, un rien, une billevesée,
Pour marquer ce beau jour et comme souvenir ;
Aussi, depuis longtemps, j'étais préoccupée
De créer les moyens d'y pouvoir parvenir ;
Pas un n'a réussi : je voulais, à l'école,
Te broder une guimpe, un mouchoir, un chiffon ;
On traitait mon désir de caprice frivole,
Et l'on me renvoyait à faire du feston ;
Si je parlais d'offrir, par mes mains tricotée,
Une paire de bas ; du tricot, disait-on ?
Mais, le tricot encor n'est pas à ta portée ;
Un cahier, un dessin ; même refus toujours.....
Comme si, pour donner quelque prix à la chose,
Il fallait exceller dans son moindre labeur ,
Lorsque c'est la tendresse, alors, qui se propose
D'offrir à l'amitié un don venant du cœur.
Aussi, vois, je n'ai rien, si ce n'est une Rose,
Mon amour et mes vœux pour ton parfait bonheur ;
Et puis un bon baiser, une tendre caresse

Que j'offre à ma grand'mère, avec la douce ivresse,
Qui naît de l'amitié dans sa plus vive ardeur.

1re VARIANTE :

Quand on ne tutoie pas.

1er*vers :* Demain, ma grand'maman, c'est demain
(qu'on vous fête,

3e Un cadeau, quel qu'il fût, je voulais vous
(l'offrir ;

9e Vous broder une guimpe, un mouchoir,
(un chiffon ;

20e Aussi, je n'ai rien, rien, si ce n'est une
(Rose,

21e Mon amour et mes vœux pour votre
(grand bonheur ;

2e VARIANTE :

A une mère, une belle-mère, une tutrice, une cousine, une
tante, une marraine, une sœur, une belle-sœur.

1er *vers :* Bonne mère, demain, c'est le jour de ta
(fête ;

Belle-mère, demain,
Ma tutrice, demain,
Ma cousine,
Chère tante,   c'est le jour de
Ma marraine,   ta fête ;
Ma bonne sœur,
Ma belle-sœur,

25e *vers :* Que je t'offre, maman, avec la douce
(ivresse

Que j'offre à belle-mère, \
Que j'offre à ma tutrice, \
Que je t'offre, cousine, \
Ma tante, que je t'offre } avec
Que j'offre à ma marraine \ la douce
Que je t'offre ma sœur, / ivresse
Que j'offre à belle-sœur /

LA MÊME.

UNE FILLE.

A son grand-père, son père, son beau-père, son frère, son beau-frère, son oncle, son cousin, son parrain, son tuteur, un ami de la famille, un protecteur, un bienfaiteur qu'il tutoie.

C'est demain, grand-papa, qu'on célèbre ta fête ;
Demain, chacun viendra, muni d'un souvenir,
Te prédire, à jamais, félicité parfaite ;
Seule, je n'aurai point de cadeaux à t'offrir,
Pas le moindre des riens, une billevesée ;
Cependant, dès longtemps, j'étais préoccupée
De créer les moyens d'y pouvoir parvenir :
Pas un n'a réussi : J'essayais à l'école
De broder la pantoufle ou la bourse, allons-donc !
On traitait cet essai de caprice frivole,
Et j'étais renvoyée à faire du feston ;
Si je parlais d'offrir, par ma main tricotée,

Une paire de bas ; du tricot, disait-on ?
Mais le tricot n'est pas encore à ta portée ;
Un cahier, un dessin, même refus toujours....
Comme si, pour donner quelque prix à la chose,
Il fallait exceller dans son moindre labeur,
Lorsque c'est la tendresse, alors, qui se propose
D'offrir, à l'amitié, un don venant du cœur.
Aussi, n'ai-je rien, rien, si ce n'est une Rose,
Mon amour et mes vœux, pour ton parfait bon-
Et puis un doux baiser, une tendre caresse, (heur;
A grand-papa donnée, avec toute l'ivresse
Qui naît de l'amitié dans sa plus vive ardeur. (1).

LA MÊME.

UN GARÇON.

A son tuteur et à tout le monde qu'il tutoie.

C'est demain, cher tuteur, qu'on célèbre ta fête ;
Demain, chacun viendra, muni d'un souvenir,
Te prédire à jamais félicité parfaite ;
Moi seul, je n'aurai pas de cadeaux à t'offrir ;
Pas le moindre des riens, une billevesée ;
Pourtant, depuis un mois, j'avais dans la pensée

(1) A peu de chose près, les variantes qu'exige cette épitre, pour être appropriées à toutes les personnes du genre masculin étant les mêmes que celle de l'epitre précédente, nous y renvoyons Messieurs les instituteurs et Mesdames les institutrices.

De créer les moyens d'y pouvoir parvenir ;
Pas un n'a réussi : j'essayais à l'école
D'esquisser quelques vers, le plus mince quatrain,
On traitait cet essai de caprice frivole
Et l'on me renvoyait à la prose, soudain ;
Si je parlais d'offrir la tête copiée
Ou bien l'académie ; un dessin, disait-on?
Mais le crayon n'est pas encore à ta portée ;
Une page, un crayon ; même refus toujours....
Comme si, pour donner quelque prix à la chose,
Il fallait exceller dans son moindre labeur,
Lorsque c'est la tendresse, alors, qui se propose
D'offrir à l'amitié un don venant du cœur ;
Aussi n'ai-je rien, rien, si ce n'est une Rose,
Mon amour et mes vœux pour ton parfait bonheur;
Et puis un doux baiser, une tendre caresse
A mon tuteur donnée, avec toute l'ivresse
Qui naît de l'amitié dans sa plus vive ardeur (1),

---

(1) Voir, pour la variante, les deux Epitres qui précèdent.

EPITRE.

GARÇON OU FILLE.

A sa belle-mère, sa mère, sa grand'mère, sa sœur, sa belle sœur, sa tante, sa marraine, sa cousine, une amie de la famille.

Si le respect et la reconnaissance
Pouvaient payer ces soins de chaque jour
Que je reçois de toi, dès ma plus tendre enfance,
Tu me devrais, peut-être, du retour.
Cela réglé, tu me devrais encore,
Ma belle-mère, un solde pour l'amour;
Car, vois-tu bien, je t'aime, je t'adore
Bien au-delà de toute expression.
Mais, balançons et restons quitte à quitte,
De son côté, chacun agit au mieux :
D'aimer le plus quand j'ai, moi, le mérite,
Par tes bontés, toi, tu me rends heureux;
Aussi, dans ma grande impuissance,
De reconnaître tes bienfaits
Autrement que par des souhaits,
Et mon respect et ma reconnaissance,
Au ciel avec persistance,
J'adresse mes vœux toujours,
Afin qu'il te donne,
Si douce et si bonne,
Cent ans de beaux jours.

1ʳᵉ VARIANTE :

Quand on ne tutoie pas.

3ᵉ *vers :* Que de vous je reçois, dès ma plus tendre
(enfance,

4ᵉ   Vous me devriez, peut-être, du retour.

5ᵉ   Cela réglé, vous me devriez encore,

, 7ᵉ   Car, je vous aime! oh! mais je vous adore

12ᵉ   Par vos bontés vous me rendez heureux.

14ᵉ   De reconnaître vos bienfaits

19ᵉ   Afin qu'il vous donne,

2ᵉ VARIANTE :

*A une mère, une grand'mère, une sœur, une belle-sœur, une
tante, une marraine, une cousine, une amie de la famille.*

6ᵉ *vers :* Ma tendre mère, un solde pour l'amour,

Tendre grand'mère,

Ma chère sœur,

Ma belle-sœur

Ma chère tante,   un solde pour

Tendre marraine,   l'amour.

Chère cousine,

Ma douce amie,

ÉPITRE.

GARÇON OU FILLE.

A un oncle, une tante, un grand-père, une grand'mère, un
beau-père, une belle-mère, un parrain, une marraine,
un frère, une sœur, un bienfaiteur, un protecteur, un
ami, un cousin, une cousine.

Je voudrais t'adresser, pour le jour de ta fête,
Un joli compliment, un épître en beaux vers;
Cependant, je suis loin de me croire poète,
Mais je puis, écolier, à tort comme à travers,
    En prose plus ou moins rimée,
    T'exprimer ma pensée :
Mon bon oncle, je t'aime! oh! mais avec ardeur;
    Je t'aime comme on aime un père,
    Mon plus doux bien est ton bonheur!
    Au ciel, pour qu'il te soit prospère,
J'adresse, à chaque instant, ma fervente prière,
    Et puis moi-même, à mon tour,
    Je m'applique bien davantage;
    De soins, de zèle, de courage,
    Vois, je redouble chaque jour,
Afin de mériter à jamais ta tendresse ;
    Je te dis vrai, je ne te trompe pas :
    Par ce cadeau tu jugeras
Que je pourrais tenir avec fruit ma promesse,
    Mon bien cher oncle, que je presse
    Très-étroitement dans mes bras.

1ʳᵉ VARIANTE :

Une demoiselle.

4ᵉ vers : Néanmoins, je pourrais à tort comme à
(travers,

2ᵉ VARIANTE :

Quand on ne tutoie pas.

1ᵉʳ vers : Je voudrais, aujourd'hui, pour marquer
(votre fête

6ᵉ   Vous exprimer ma pensée,

7ᵉ   Mon oncle, je vous aime! oh! mais avec
(ardeur;

8ᵉ   Je vous aime! oh! beaucoup; comme on
(aime son père;

9ᵉ   Mon plus doux bien serait votre bonheur!

10ᵉ   Au ciel, pour qu'il vous soit prospère,

15ᵉ   Je vais, redoublant chaque jour,

16ᵉ   Afin de mériter toujours votre tendresse;

17ᵉ   Je vous dis vrai, je ne vous trompe pas,

18ᵉ   Ce cadeau vous le prouvera.

3ᵉ VARIANTE :

A un frère, une sœur, une tante, un parrain, un ami.

7ᵉ vers : Mon bon frère,

Ma bonne sœur,

Bonne tante,

9ᵉ Mon bon parrain,

10ᵉ Mon bon ami,

je t'aime!
oh! mais
avec ardeur,

20e *vers* : Mon bien cher frère,
   Ma bien bonne sœur,
   Ma bonne tante,   que je presse
   Mon bien cher parrain,
   Mon bien cher ami,

4e VARIANTE :

Un beau-père, un grand-père, une grand'mère, une cousine, une marraine, un bienfaiteur, un protecteur, une belle-mère.

7e *vers* : Mon beau-père,
   Mon grand-père,
   Ma grand'mère,
   Ma cousine,   je t'aime! oh! mais
   Ma marraine,   avec ardeur;
   Mon protecteur,
   Mon bienfaiteur,
   Belle-mère,

Un beau-père, un grand-père, une grand'mère, une cousine, une marraine, un bienfaiteur, un protecteur, une belle-mère.

20e *vers* : Mon cher beau-père,
   Mon cher grand-père,
   Bonne grand-maman,
   Bonne cousine,
   Bonne marraine,   que je presse
   Mon cher bienfaiteur,
   Mon cher protecteur,
   Ma belle-mère,

ÉPITRE.

GARÇON OU FILLE.

A son père et à tout le monde qu'il tutoie.

Tu m'as comblé de tes bienfaits,
Et, moi, dans ma reconnaissance,
Je ne vois encor que des faits
Qui dénotent mon impuissance
A témoigner du dévoûment
Que je dois à tes complaisances ;
Mais je vais bientôt être grand :
Lors, je veux, par mes prévenances
Et mes bons soins de chaque instant
Te prouver mon attachement,
Mon respect et ma gratitude ;
Car je veux me faire une étude
De te plaire toujours, sans cesse, constamment.
Oui, quoi qu'il arrive et qu'on fasse,
Tel sera le désir constant
De ton fils soumis, qui t'embrasse,
Mon cher papa, bien tendrement.

1re VARIANTE :

Une demoiselle.

7e *vers* : Mais je vais grandir à mon tour ;
9e   Et mes bons soins de chaque jour,
10e   Te prouver et ma gratitude,

11e *vers* : Et mon respect et mon attachement,

16e   De ta petite qui t'embrasse,

3e VARIANTE :

Quand on ne tutoie pas.

1er *vers* : Vous m'avez comblé de bienfaits,

6e   Que je dois à vos complaisances ;

10e   Vous prouver mon attachement,

13e   De vous plaire toujours, sans cesse, con-
                          (stamment.

16e   De votre fils qui vous embrasse.

3e VARIANTE :

A une mère.

17e *vers* : Bonne mère, bien tendrement.

4e VARIANTE :

A un frère.

16e *vers* : D'un frère qui t'aime et t'embrasse,

         Mon cher ami, bien tendrement.

5e VARIANTE :

A une sœur.

17e *vers* : Ma chère sœur, bien tendrement,

6e VARIANTE :

Un oncle, un parrain, un ami, un cousin, une tante.

17e *vers* : Mon cher oncle, }
          Mon cher parrain, } bien tendrement,

17e *vers* : Mon cher ami,
    Mon cher cousin,   }   bien tendrement,
    Bonne tante,

7e VARIANTE :

Une grand'mère, un grand-père, une marraine, une cousine,
un bienfaiteur, un protecteur, un beau-père.

17e *vers* : Ma grand'mère,
    Bon grand-papa,
    Ma marraine,
    Ma cousine,   }   bien tendrement,
    Cher bienfaiteur,
    Bon protecteur,
    Cher beau-père,

8e VARIANTE :

A une belle-mère.

17e *vers* : Belle-mère, bien tendrement,

9e VARIANTE :

A une amie.

17e *vers* : Bonne amie, oh! bien tendrement,

ÉPITRE.

GARÇON OU FILLE.

A son parrain et à tout le monde, quand il tutoie.

Tu me gâtes, parrain. Tes grandes complaisances,
Tes soins si dévoués, tes douces prévenances,

Sais-tu que, s'il fallait te les rendre au comptant,
Jeune comme je suis, l'embarras serait grand ?
Mais, on ne reste pas, sans cesse, dans l'enfance,
On grandit chaque jour, et j'aurai ce pouvoir ;
Avec usure, alors, c'est mon plus grand espoir,
Je te solderai, va, mettant dans la balance
Mon amour, bien plus grand que toutes tes bontés ;
    Pour tes soins, ma reconnaissance ;
    Mon respect, pour ta prévenance ;
    Puis, à tes moindres volontés
    Une soumission complète,
Nos comptes sur ce prix doivent être arrêtés.
    En attendant que l'âge me permette
De les solder; toujours, comme au jour de ta fête,
    J'adresse au ciel et mille et mille vœux,
    Puisse-il dans sa bonne grâce
Faire, pendant cent ans, luire ses plus beaux jours,
    Sur mon cher parrain que j'embrasse.

1re VARIANTE :

Quand on ne tutoie pas :

1er *vers* : Vous me gâtez, parrain, vos grandes
                       (complaisances,

2e   Vos soins si dévoués, vos douces pré-
                      (venances

3e   Jeune comme je suis, l'embarras serait
                      (grand

4e   Si j'étais obligé de les rendre au comp-
                      (tant,

8e *verss* : Je vous solderai tout, mettant dans la
(balance

9e Mon amour, bien plus grand que tou-
(tes vos bontés :

10e Pour vos soins, ma reconnaissance ;

11e Mon respect, pour vos prévenances ;

12e Puis, à vos moindres volontés,

16e De les solder, toujours, comme pour
(votre fête.

2e VARIANTE :

A tout le monde.

1er *vers* : Tu me gâtes, papa !... Tes grandes
(complaisances,

C'est par trop, grand-maman ?...
Frère, je te dois trop ?...
Tu me gâtes, ma sœur ?...
C'est trop, ma belle-sœur ?...
Mon beau-frère, c'est trop ?...
C'est par trop, grand-papa ?
C'est par trop, grand-maman ?
Beau-père, c'est par trop ?
Belle-mère, c'est trop ?
Marraine, c'est par trop ?
Mon oncle, c'est par trop ?
Ma tante, c'est par trop ?
Tu me gâtes, cousin ?
Ma cousine, c'est trop ?
Mon amie, oh ! c'est trop ?

Tes grandes
complaisances.

5.

Notre ami, c'est par trop ?
Mon bienfaiteur, c'est trop ?
Mon protecteur, c'est trop ?
Tu me gâtes, tuteur ?
Ma tutrice, c'est trop ?
} tes grandes complaisances.

Dernier *vers* : Substituer à PARRAIN, PAPA, FRÈRE, ONCLE, COUSIN, AMI, TUTEUR.

Même *vers* : Sur toi, ma mère, que j'embrasse.
Sur ma bonne sœur,
Sur ma belle-sœur,
Sur mon beau-frère,
Sur mon grand-papa,
Sur ma grand'maman,
Sur mon beau-père,
Sur belle-mère,
} Que j'embrasse.

Ainsi de suite pour tous les autres, sauf à l'amie.

Changer ainsi : Sur toi, ma chère, que j'embrasse.

ÉPITRE.

GARÇON OU FILLE.

A son beau-père et généralement à tout le monde qu'il tutoie.

Mon cher beau-père, aujourd'hui, je m'empresse
De te fêter ; mais, malgré ma tendresse,
Le croirais-tu, mon embarras est grand ;
Comment m'y prendre ? O, je ne sais vraiment.

De mon amour te peindrai-je l'ivresse ?
Tu sais combien je t'aime tendrement.
Des vœux pour toi ? Dans quel but ? Pourquoi faire ?
Que demander ? Ma foi, je ne vois rien :
Heureux, tu sais, avec si peu de bien,
Vivre et trouver des dons pour la misère ;
D'ailleurs de l'or ! tu le refuserais ;
Il peut corrompre et tu veux rester sage,
C'est des talents que je demanderais.
Ne les as-tu presque tous en partage ?
Des qualités ? Qui mieux en fut pourvu ?
Esprit, savoir, et bon sens et vertu,
Qui plus que toi, beau-père, les possède ?
Ne crois donc pas que le ciel j'intercède.
Mais, cependant, laisser passer ce jour
Sans te donner, au moins, signe de vie ;
J'aurais grand tort ; aussi, dans mon amour
Et mon respect, permets que je te prie
    D'accueillir favorablement
    Un baiser bien serré, bien tendre,
    Et puis encore de le rendre
    Pour le bonheur de ton enfant.

1re VARIANTE :

Quand on ne tutoie pas.

2e *vers :* De vous fêter ; mais malgré ma tendresse,
3e   Le croiriez-vous, mon embarras est
                          (grand ;
5e   De mon amour vous peindrai-je l'i-
                          (vresse ?

6ᵉ *vers* : Vous le savez, si j'aime tendrement.

.7ᵉ   Des vœux, pour vous? Dans quel but?

                                            (Pourquoi faire?

9ᵉ   Quand vous savez, avec si peu de bien,

11ᵉ   D'ailleurs, de l'or? Vous le refuseriez ;

12ᵉ   Il peut corrompre et vous êtes trop sage.

13ᵉ   C'est des talents que vous demanderiez?

14ᵉ   Vous les avez presque tous en partage.

17ᵉ   Qui plus que vous, beau-père, les pos-

                                             (sède ?

18ᵉ   Ne pensez pas que le ciel j'intercède,

20ᵉ   Sans vous donner, au moins, signe de

                                            (vie

22ᵉ   Et mon respect, de grand cœur, je vous

26ᵉ   Pour le bonheur de votre enfant. (prie

2ᵉ VARIANTE :

A un père, une mère, un frère, une sœur, un beau-frère, une belle-sœur, un grand-père, une grand'mère, une belle-mère, un oncle, une tante, un cousin, une cousine, un parrain, une marraine, un ami de la famille, un protecteur, un bienfaiteur.

1ᵉʳ *vers* : Mon tendre père, aujourd'hui je m'em-

                                         (presse.

         Ma mère aimée, aujourd'hui, je m'em-

                                           (presse.

Frère si bon,
Ma chère sœur,   Aujourd'hui
Mon cher beau-frère,   je m'empresse.
Ma belle-sœur,

Tendre grand-père,
Ma grand-maman,
Belle-maman,
Mon bon cher oncle,
Ma bonne tante,
Mon cher cousin,
Bonne cousine,
Mon bon parrain,
Marraine aimée,
Ami si bon,
Mon protecteur,
Mon bienfaiteur,

} aujourd'hui je m'empresse.

17e *vers* : Mon père, ma mère, etc., substitués à
(beau-père.

3e VARIANTE :

Une belle-mère.

17e *vers* : Ma belle-mère, entre tous, les possède ;

4e VARIANTE :

Un frère, une sœur, un beau-frère, une belle-sœur, un oncle, une tante, un cousin, une cousine, un parrain, une marraine, un ami de la famille, un protecteur, un bienfaiteur.

26e *vers* : Pour que mon bonheur soit plus grand.

EPITRE.

GARÇON OU FILLE.

A une mère, une grand'mère, une belle-mère, un père, un
grand-père, un beau-père et un frère qu'on tutoie.

Tu m'aimes bien et cependant, ma mère,
Je crois encor que je t'aime bien mieux.
Vois si je t'aime ! à tout je te préfère :
A toi je pense à toute heure, en tous lieux.
Tendre maman, si j'étais moins aimée
Je n'aurais pas parlé de mon amour,
J'aurais encor gardé cette pensée ;
Mais, je ne sais, je crains que, quelque jour,
Interprétant à rebours mon silence,
Malgré mes soins, ma tendre prévenance,
Tu lises mal dans le fond de mon cœur,
    Et ne taxes d'indifférence
    L'enfant qui t'aime avec bonheur !
Un tel soupçon rendrait ma vie amère,
Oh! je frémis d'y penser seulement !....
Aussi, pour l'éviter, avec empressement
Je profite du jour de ta fête, ô, ma mère !
    Daigne le ciel accomplir mes souhaits !
Ce jour serait, pour toi, le premier d'une vie
    Par la santé, par le bonheur ourdie,
Comptant des jours nombreux autant que tes bien-
                    (faits.

1re VARIANTE :

A une belle-mère.

1er *vers* : Tu m'aimes bien, et pourtant, belle-
(mère,

5e Belle-maman, si j'étais moins aimée,

17e Je profite du jour qu'on fête belle-mère.

2e VARIANTE :

A un frère.

1er *vers* : Tu m'aimes bien, et pourtant, mon cher
(frère.

5e _ Frère, de toi si j'étais moins aimée.

13e Celui (*ou celle*) qui t'aime avec bonheur !

17e Je profite du jour de ta fête, ô mon frère !

3e VARIANTE :

A un père.

1er *vers* : Tu m'aimes bien, et cependant, mon
(père,

5e Mon cher papa, si j'étais moins aimée

17e Je profite du jour de ta fête, ô mon père !

4e VARIANTE :

A un grand-père, une grand'mère, un beau-père.

1er *vers* : Tu m'aimes bien, et cependant,
grand'mère,
ou grand-père,
ou beau-père,

5e *vers* : Ma grand-maman, si j'étais moins aimée
ou mon grand-papa,
ou mon beau-papa.

17e   Je profite du jour de ta fête, grand'mère
ou grand-père
ou beau-père.

5e VARIANTE :

Quand on ne tutoie pas.

1er *vers* : Vous m'aimez bien, et cependant, ma
(mère,

2e   Je crois encor que je vous aime mieux.

3e   Si je vous aime! à tout je vous préfère :

4e   A vous je pense à toute heure, en tous
(lieux.

11e   Vous lisiez mal dans le fond de mon

12e   Et me taxiez d'indifférence.   (cœur

13e   Quand je vous aime avec bonheur

16e   Je profite du jour de votre fête, mère

19e   Ce jour serait, pour vous, le premier
(d'une vie.

Comptant des jours nombreux autant
(que vos bienfaits.

6e VARIANTE :

Pour un garçon.

5e *vers* : Oh! moins aimé de ma mère adorée?

ÉPITRE.

GARÇON OU FILLE.

A un père, à une mère, une sœur, un frère, un grand-père,
une grand'mère, un beau-père, une belle-mère, un ami,
un cousin, une cousine, un oncle, une tante, un parrain,
une marraine.

Grâce à l'occasion que me donne ta fête,
    Je ne serai pas indiscrète
En venant, aujourd'hui, te parler de mes vœux
    Si vrais, si fervents, si nombreux,
Au point que je craindrais ma demande importune
Si le ciel ne lisait dans le fond de mon cœur
De mon amour pour toi quelle est la vive ardeur,
Car je t'aime, vois-tu, d'une amour peu commune,
    De cette amour qui sait charmer,
   Je t'aime, enfin, comme l'on doit aimer,
     Un père si doux et si tendre!
     O! le ciel daignera m'entendre
     Et t'accorder, dans sa bonté,
     Une entière félicité.
Voilà quels sont mes vœux ; je veux parler encore
Non pas de mon amour, tu sais comme il est grand!
Mais du petit cadeau, faible travail d'enfant,
Que je voudrais t'offrir, ô père que j'adore !
Par lui-même, il n'a pas une grande valeur,
Mais c'est le doux produit d'une vive tendresse ;

Je te l'offre avec grand bonheur,
Accompagné d'une caresse.

1ʳᵉ VARIANTE :

Pour un garçon.

1ᵉʳ *vers* : Ma franchise n'est pas, je l'espère, in-
(discrète,
2ᵉ   Grâce à l'occasion que me fournit ta
(fête.

2ᵉ VARIANTE :

Pour un garçon qui ne tutoie pas.

2ᵉ *vers* : Grâce à l'occasion qui naît de votre fête.

3ᵉ VARIANTE :

Pour une demoiselle qui ne tutoie pas.

1ᵉʳ *vers* : Grâce à l'occasion qui naît de votre fête.

Garçon ou fille qui ne tutoie pas, (suite) :

3ᵉ *vers* : En venant aujourd'hui vous parler de
(mes vœux,
7ᵉ   De mon amour pour vous quelle est
(la vive ardeur,
8ᵉ   O ! je vous aime bien ! d'une amour peu
(commune,
10ᵉ   Car, je vous aime, enfin comme l'on
(doit aimer
13ᵉ   Et vous donner, dans sa bonté,

16e *vers :* Non pas de mon amour, vous savez
(s'il est grand !

18e Que je viens vous offrir, ô père que j'a-
(dore !

21e Je vous l'offre avec grand bonheur,

4e VARIANTE :

A une mère.

11e *vers :* Une maman et si douce et si tendre,
18e Que je voudrais t'offrir, ô mère que
(j'adore !

5e VARIANTE :

A une sœur.

10e *vers :* Je t'aime, enfin, ma sœur, comme l'on
(doit aimer

11e Lorsque tu fus pour moi toujours et
(bonne et tendre.

18e Que je voudrais t'offrir, douce sœur
(que j'adore ;

6e VARIANTE :

A un frère, un parrain, un oncle, une tante, un cousin, un ami, une cousine, un grand-père, une grand'mère, un beau-père, une marraine, une belle-mère.

10e *vers :* Je t'aime, mon bon frère, autant qu'on
(peut aimer.

10e *vers* : Je t'aime, bon parrain,
    Mon doux oncle,
    Bonne tante,
    Mon cousin,
    Ma cousine,
    Mon grand-père,   Autant qu'on
    Grand-maman,   peut aimer.
    Mon beau-père,
    Ma marraine,
    Belle-mère.
   Cher ami, comme l'on peut aimer.

11e *vers* : Celui qui fut pour moi si prévenant, si
              (tendre.

11e   *Ou* Celle qui fut pour moi, prévenante
             (et si tendre.

18e   Que je voudrais t'offrir, mon frère que
              (j'adore.

  Mon parrain,
  Mon oncle,
  Ma tante,
  Bon cousin,
  Cousine,
  Grand-papa,   Que j'adore.
  Grand-maman,
  Beau-père,
  Marraine,
  Mon ami,

18e *vers* : Que je voudrais t'offrir, belle-maman
    Que je respecte et que j'adore.

COMPLIMENTS,

COMPLIMENT.

UNE DEMOISELLE.

A sa mère, sa belle-mère ou sa grand'maman.

C'est ta fête, mon aimée !
Vois-tu, ma chère maman,
Je suis bien embarrassée
Pour te faire un compliment :
Te parlerai-je tendresse ?
Tu connais si bien mon cœur,
Tu sais l'amour qui l'oppresse.
Parlerai-je vœux, bonheur ?
Tu sais combien je désire
Que ton bonheur soit parfait,
Qu'il n'est, pour moi, de souhait
Que ma mère ne l'inspire.
Je viens donc, sans compliment,
T'embrasser, ma bien-aimée,
Et joindre à cette pensée,
Pour te l'offrir en présent,
L'écharpe que j'ai brodée
Pour toi, petite maman.

1re VARIANTE :

Pour une belle-mère.

2e *vers* : Vois-tu, ma belle-maman,
11e   Que, si je fais un souhait,

12e *vers* : Ma belle-mère l'inspire
18e   Pour toi, ma belle-maman.

2e VARIANTE :

Pour une grand'mère.

2e *vers*: Vois-tu, bonne grand'maman,
11e   Que, si je fais un souhait,
12e   C'est grand'mère qui l'inspire
18e   Pour toi, chère grand'maman.

3e VARIANTE :

Quand on ne tutoie pas.

1er *vers* : Votre fête est arrivée,
2e   Voyez-vous, chère maman,
4e   Pour vous faire un compliment ;
5e   Vous parlerai-je tendresse ?
6e   Vous savez à fond mon cœur
7e   Et tout l'amour qui l'oppresse.
9e   Vous savez si je désire,
10e   Pour vous, un bonheur parfait!....
11e   Jusqu'à mon moindre souhait
12e   Ma douce mère l'inspire.
14e   Vous embrasser, mon aimée,
16e   Pour vous l'offrir en présent,
18e   Pour vous, petite maman.

4e VARIANTE :

Pour une grand'mère ou une belle-mère qu'on ne tutoie pas.

2e *vers* : Voyez-vous, belle-maman,
      Ou Voyez-vous, ma grand'maman.

12e *vers* : Ma belle-mère l'inspire.

    Ou Bonne grand'mère l'inspire,
    Pour vous, ma belle-maman.
    Ou Pour vous, bonne grand'maman.

LE MÊME.

UN GARÇON,

A ses mère, belle-mère et grand'maman qu'il ne tutoie pas.

C'est ta fête, mon aimée !
Vois-tu, ma chère maman,
Je torture ma pensée
Pour te faire un compliment :
Je voudrais parler tendresse,
Mais tu sais si bien mon cœur
Et tout l'amour qui l'oppresse......
Parlerai-je vœux, bonheur ?
Tu sais comme je désire
Que ton bonheur soit parfait,
Oh ! je ne fais de souhait
Si ma mère ne l'inspire.
Je viens donc, sans compliment,
T'offrir avec cette Rose
Une page de ma prose,
Puis, t'embrasser tendrement.

---

(1) Pour les diverses variantes, combiner ce compliment avec le précédent et les variantes qui le suivent.

AUTRE.

UNE PETITE FILLE.

A sa mère et à tout le monde qu'elle tutoie.

Si je savais pousser l'aiguille
Ou tenir le crayon comme le tient Camille,
Je t'aurais fait, mais beau, bien beau,
Pour ta fête, aussi mon cadeau,
Mais, hélas! je suis trop petite
Pour avoir le moindre mérite,
Si ce n'est celui, grand'maman,
De t'aimer bien, bien tendrement.

1re VARIANTE :

*On peut, si l'on tient à donner la même coupure, remplacer
le deuxième vers par celui-ci :*

Ou dessiner comme Camille.

2e VARIANTE :

Pour s'adresser à tout le monde.

7e *vers* : Si ce n'est celui-là, pourtant,

3e VARIANTE :

Quand on ne tutoie pas.

3e *vers* : Je vous aurais fait, mais bien beau.

4ᵉ vers : Pour votre fête, mon cadeau,
10ᵉ   De vous aimer bien tendrement.

LE MÊME.

UN PETIT GARÇON.

A sa mère et à tout le monde qu'il tutoie.

Si je savais faire une page,
Un cheval, un oiseau, la plus petite image,
Je te l'aurais donné, bien beau,
Pour te fêter, comme cadeau ;
Mais je dois m'abstenir je n'ai pas encor l'âge,
Qui pourra me donner le mérite en partage,
Si ce n'est celui, grand'maman,
De t'aimer... là... bien tendrement.

1ʳᵉ VARIANTE :

Pour s'adresser à tout le monde qu'on tutoie.

7ᵉ *vers* : Si ce n'est celui-là, pourtant.

2ᵉ VARIANTE :

Quand on ne tutoie pas.

3ᵉ *vers* : Je vous l'aurais donné, bien beau.
4ᵉ   Pour vous fêter, comme cadeau ;
8ᵉ   De vous aimer bien tendrement.

AUTRE,

GARÇON OU FILLE.

A sa mère ou à sa grand'mère qu'il tutoie.

Muni d'un bouquet
Petit, mais coquet,
Emblème imparfait
D'un amour complet,
Souvenir charmant,
Je viens, te l'offrant,
T'exprimer comment,
Généralement,
La fête à maman,
Celle à grand'maman,
Comme à tout parent,
Rend obéissant,
Bien sage, charmant,
Tout petit enfant;
C'est, vois-tu, maman,
Malheureusement,
Dans le but, souvent,
D'avoir un présent.
Eh bien! moi, vraiment,
Je pense autrement :
Je suis bien content
De fêter maman,

Non pour le présent
Qu'on donne gaîment
Au petit enfant ;
Mais, bien sûrement,
Pour dire comment
Au ciel, ardemment,
J'adresse souvent
Mon désir fervent
De te voir, maman,
Jouir, constamment,
D'un bonheur bien grand,
Sans trouble un instant,
Ni moindre tourment.

1re VARIANTE :

Quand on ne tutoie pas.

6e *vers* : Je viens vous l'offrant.
7e   Vous dire comment,
15e   C'est, chère maman,
31e   De vous voir, maman,

2e VARIANTE :

A une grand'mère.

15e *vers* : C'est, ma grand'maman,
22e   Quand je puis fêtant,
Après le 22e *vers* : Ainsi grand'maman,
31e   De voir, grand-maman,

AUTRE.

GARÇON OU FILLE.

**A son père, son frère, son parrain, son oncle, son tuteur,
son cousin, sa mère, sa sœur, sa tante qu'il tutoie.**

Ne crois pas que jamais, père, j'additionne
    Tes bienfaits répétés;
Elle serait, grands dieux! trop longue la colonne,
    S'ils étaient tous comptés.
Ne pense pas non plus que, par ingratitude,
    Je veux m'en dispenser;
Oh! non, car de t'aimer je me fais une étude
Et je t'aime bien mieux que tu ne peux penser:
A tel point que pour toi je donnerais ma vie!
Oh! je prie, instamment, avec ferveur le ciel
Pour qu'à jamais la tienne soit fleurie,
    Comme un printemps continuel!
A la condition, père, qu'on me permette
    De marquer le jour de ta fête
    Par un tendre embrassement;
Comme le veut mon cœur, bien serré, bien ai-
                  (mant.)

1re VARIANTE :

    Quand on ne tutoie pas.

1er *vers* : Croyez-vous que jamais, père, j'addi-
                  (tionne)

2ᵉ *vers :*   Vos bienfaits répétés,

5ᵉ   Ne pensez pas non plus que, par ingra-
                                         (titude),

7ᵉ   Oh ! non, de vous aimer je me fais une
                                         (étude)

8ᵉ   Et je vous aime mieux qu'on ne peut le
                                         (penser,)

9ᵉ   A tel point que pour vous je donnerais
                                         (ma vie !)

11ᵉ   Pour qu'à jamais la vôtre soit fleurie,

14ᵉ   De nous donner pour marquer votre fête

15ᵉ   Un mutuel embrassement.

2ᶜ VARIANTE :

*A un frère, un parrain, un oncle, une tante, un cousin, une
mère, une sœur, un tuteur.*

1ᵉʳ *vers :* Ne crois pas que jamais, frère, j'addi-
                               (tionne,)

Ne crois pas que jamais	{	parrain, j'additionne,
		oncle, —
		tante, —
		cousin, —
		mère, —
		sœur, —
		tuteur, —

15ᵉ   A la condition, frère, qu'on me permette,

A la condi-tion,	{	parrain, qu'on me permette,
		oncle, —
		tante, —

A la condi-
tion,
{
cousin, qu'on me permette,
mère,   —
ma sœur,   —
tuteur,   —
}

AUTRE.

PETIT ENFANT, GARÇON OU FILLE.

A sa grand'mère et à tout le monde qu'il tutoie.

Mon embarras est bien grand :
Pour ta fête, aux dons de Flore
Je voudrais joindre un présent;
Mais je suis si jeune encore,
Je ne sais rien faire, rien;
Mais rien faire, mon amie,
Je me trompe, pour la vie,
Je sais t'aimer, et très-bien.

LE MÊME.

UN TOUT PETIT ENFANT, GARÇON OU FILLE.

A sa grand'mère et à tout le monde qu'il ne tutoie pas.

Comme mon embarras est grand!
Pour votre fête, aux dons de Flore
J'eusse voulu joindre un présent;
Je suis hélas! trop jeune encore :

Je ne sais rien faire, mais rien,
Si ce n'est, ma charmante amie,
De vous aimer toute la vie
De tout mon cœur, mais, là, très-bien.

AUTRE.

GARÇON OU FILLE.

A son grand'père et à ses père, mère, cousin, cousine, frère, sœur, beau-frère, belle-sœur, beau-père, grand'mère, oncle, tante, parrain, marraine, tuteur, tutrice, bienfaiteur, protecteur, ami qu'il tutoie.

Il peut arriver, parfois,
  — C'est le cas où je me trouve —
  Que dans la vie on éprouve
  Peine et plaisir à la fois.
Grand-père, mon plaisir est complet, indicible,
De pouvoir t'exprimer mon tendre sentiment :
Eh bien ! le croirais-tu ? Mon regret est terrible
De l'exprimer, hélas ! très-imparfaitement ;
  Trop jeune encor pour rendre, de moi-même,
  Le tendre amour qui vibre dans mon cœur,
  Je prends un livre, et, suivant son auteur,
  Je me réduis à copier, quand même,
  Un compliment fade, suant l'ennui.
N'est-il pas dur, pour te dire : je t'aime !
D'avoir recours à la plume d'autrui ?

1ʳᵉ VARIANTE :

Quand on ne tutoie pas.

6ᵉ *vers* : De vous entretenir de mon attachement;

7ᵉ   Eh bien! le croiriez-vous? Mon regret
                                    (est terrible,

14ᵉ   N'est-il pas dur, pour dire : je vous aime,

2ᵉ VARIANTE :

A ses père, mère, frère, sœur, beau-frère, belle-sœur, beau-père, grand-mère, oncle, tante, cousin, cousine, ami, parrain, marraine, tuteur, tutrice, bienfaiteur, protecteur.

5ᵉ *vers* : Cher père, mon plaisir est complet, indi-
                                    (cible,

Ma mère,
Mon frère,
Chère sœur,
Beau-frère,
Belle-sœur,
Beau-père,
Grand-maman,
Cher oncle,
Ma tante,
Cher cousin,
Cousine,
Mon ami,
            }   mon plaisir est complet, indicible,

5ᵉ *vers* : |Cher parrain,
        Marraine,
        Cher tuteur,   Mon plaisir est com-
        Tutrice,   plet, indicible.
        Bienfaiteur,
        Protecteur,

AUTRE.

GARÇON OU FILLE.

A sa belle-mère et à tout le monde qu'il tutoie.

Une embrassade, un bouquet,
Un compliment, une lettre
Et quelques bonbons, peut-être,
De tout ça l'on fait paquet ;
Je me trompe, on fait l'échange,
Belle-mère, moi, gaîment,
Je te livre, ça m'arrange,
Bouquet, lettre et compliment.
Le bonbon, je l'abandonne,
J'y renonce, moyennant
Que, de bon cœur, l'on me donne
Une embrassade au comptant.

1ʳᵉ VARIANTE :

Quand on ne tutoie pas.

7ᵉ *vers* : Je vous livre, ça m'arrange,

2ᵉ VARIANTE :

A tout le monde.

6ᵉ *vers :* De mon côté, bien gaîment.

AUTRE.

GARÇON OU FILLE.

A son beau-père et à père, mère, frère, beau-frère, grand-
père et grand'mère qu'il tutoie.

Si le ciel, beau-père,
Entend la prière
Que pour toi je fais,
Que de jours parfaits
Seront ton partage !
Dans le plus grand âge,
Brillant de santé,
Nulle infirmité
Que vieillesse entraîne,
Ni chagrin, ni peine
Ne t'effleureront,
Tes enfants seront
Neveux, fils ou fille,
Enfin, ta famille
Et tous tes amis,
Contents, réjouis.
Pour toi leur tendresse
Les guidant sans cesse,

Entourant de soins
Tes moindres besoins.
Permets qu'à ta fête
Mon cœur se reflète
Dans sa vive ardeur.
Accepte une fleur
Et daigne me rendre
Un baiser bien tendre,
Délirant retour
De mon vif amour.

1ʳᵉ VARIANTE :

Quand on ne tutoie pas.

3ᵉ *vers* : Que pour vous je fais,
5ᵉ   Pour vous en partage !
11ᵉ   Ne vous atteindront,
12ᵉ   Vos enfants seront
14ᵉ   Toute la famille
15ᵉ   Et tous vos amis,
17ᵉ   Pour vous leur tendresse
20ᵉ   Vos moindres besoins.
21ᵉ   Oh ! qu'à votre fête,
24ᵉ   Prenez cette fleur
25ᵉ   Et daignez me rendre.

2ᵉ VARIANTE :

A ses père, mère, frère, grand-père, grand'mère et beau-frère,

1ᵉʳ *vers* : Si le ciel, cher père,

7

Si le ciel, ma mère,
Si le ciel, mon frère,
Si le ciel, grand-père,
Si le ciel, grand'mère,
Si le ciel, beau-père.

AUTRE.

UNE PETITE FILLE.

A sa sœur, à sa mère, sa cousine, sa belle-sœur, sa tante,
sa marraine, sa grand'mère, sa tutrice qu'il tutoie,

Depuis longtemps je me dis :
Quand donc sera-ce ta fête?
Et depuis lors je t'apprête,
Bonne sœur que je chéris...
Devine?... Une broderie,
Avec le même plaisir
Que j'éprouve à te l'offrir.
Accepte-la, je te prie,
Je ne voudrais, en retour,
Qu'un baiser bien doux, bien tendre.
Oh! ne va pas t'en défendre!
Tu le dois à mon amour.

1re VARIANTE :

Quand on ne tutoie pas.

2e *vers :* Quand sera-ce votre fête?
3e   Depuis lors je vous apprête,

5e *vers* : C'est une... une... broderie,
7e   Que j'éprouve à vous offrir,
8e   Acceptez-la, je vous prie,
11e   N'allez pas vous en défendre!
12e   Baiser d'amitié, d'amour.

2e VARIANTE :

A sa mère, sa cousine, sa belle-sœur, sa grand'mère, sa tante, sa marraine, sa tutrice.

4e *vers:* Ma mère que je chéris...
Cousine
Belle-sœur
Grand'mère   } que je chéris...
Ma tante
Marraine

AUTRE.

GARÇON OU FILLE.

A son frère et à tout le monde qu'il tutoie.

C'est demain le jour de ta fête ;
Ce soir je viens, le cœur content,
Sans qu'il réclame un interprête,
C'est-à-dire, sans compliment,
Je viens t'exprimer ma tendresse,
Car je t'aime de tout mon cœur,

Et mes souhaits pour ton bonheur;
Souhaits formés avec ivresse!
Je supplie instamment le ciel
D'éloigner de toi toute peine,
Et dans sa bonté souveraine
De te tisser des jours d'or, de soie et de miel.

VARIANTE :

Quand on ne tutoie pas.

1er *vers:* A la veille de votre fête
5e   Je viens exprimer ma tendresse;
6e   Je vous aime de tout mon cœur,
7e   Et mes vœux pour votre bonheur;
8e   Vœux reproduits avec ivresse!
10e   D'éloigner de vous toute peine,(de miel.
12e   De vous tisser des jours d'or, de soie et

AUTRE.

GARÇON OU FILLE.

A son frère, son père, son beau-frère, son grand-père et son beau-père qu'il tutoie.

Heureux qui, comme moi, peut offrir quelques
A son frère chéri, pour le jour de sa fête; (fleurs,
Heureux qui, comme moi, ne verse pas de pleurs,
Douloureux souvenir d'une mère parfaite!

Si mes regrets, si bien sentis,
Disent combien tu me fus chère,
Du haut des cieux, du paradis,
Avec bonheur tu dois voir, mère,
Que j'aime deux fois, aujourd'hui,
Comme jadis mon tendre frère ;
Pour toi, d'abord, et puis pour lui.

VARIANTE :

A un père, un beau-frère, un grand'père, un beau-père.

2ᵉ *vers :* A son père chéri pour le jour de sa fête ;
A son beau-frère aimé
A son grand-père aimé } le jour de sa fête ;
A son beau-père aimé

LE MÊME.

GARÇON OU FILLE.

A sa sœur, sa mère, sa belle-sœur, sa belle-mère, sa grand'-mère qu'on tutoie.

Heureux qui, comme moi, peut offrir quelques fleurs
A sa sœur qu'il chérit, pour le jour de sa fête,
Heureux qui, comme moi, ne verse pas de pleurs,
Douloureux souvenir d'un père qu'on regrette !
Mes regrets sont, hélas ! bien amers, bien sentis,
Car je l'aimais beaucoup ; elle m'était si chère !
Du haut des cieux, du paradis,

Avec bonheur tu dois voir, père,
Que ma sœur m'est deux fois plus chère :
Ne dois-je pas l'aimer pour toi,
Et puis encor l'aimer pour moi?

VARIANTE :

A sa mère, sa belle-mère, sa grand'mère, sa belle-sœur.

2ᵉ *vers* : A sa chère maman, pour le jour de sa fête,
　　　　A sa belle-maman,　⎫
　　　　A sa bonne-maman,　⎬ pour le jour de sa
　　　　A bonne belle-sœur,　⎭　　　fête.

AUTRE.

GARÇON OU FILLE.

A une belle-sœur et à tout le monde qu'il tutoie.

Je viens, guidé par mon cœur,
Je viens, dans cette journée,
A te fêter consacrée,
Te parler souhait, bonheur;
Mon souhait est que, sans cesse,
Le ciel à toi s'intéresse,
Que pour une éternité
Tu sois son enfant gâté.
Mon bonhenr, c'est autre chose...
Je n'en aurai qu'à vingt ans...

Comme alors je me propose,
Par des bons soins incessants,
De te prouver que je t'aime
Autant et plus que moi-même.

VARIANTE :

Quand on ne tutoie pas.

3e *vers :* A vous fêter consacrée,
4e   Vous parler souhait, bonheur ;
6e   Le ciel à vous s'intéresse,
7e   Qu'il vous traite en sa bonté
8e   Comme son enfant gâté,
13e   De prouver que je vous aime,

AUTRE.

GARÇON OU FILLE.

A son beau-frère, à ses père, mère, grand-père, grand'mère, beau-père, frère, sœur, ami, amie, parrain, marraine, cousin, cousine, tante qu'il tutoie.

On prodigue aisément, à chaque jour de fête,
    Des vœux, des fleurs et des cadeaux,
Et puis chacun encor, s'érigeant en prophète,
      Pronostique, à sa tête,
    Des jours nombreux plus ou moins beaux.
Beau-frère, trop petit pour faire une largesse,

—Je ne possède, hélas! qu'un grand fonds de ten-
   En attendant des jours meilleurs, (dresse!—
Je viens t'offrir, avec une caresse,
   Mes vœux au ciel et quelques fleurs.

1re VARIANTE :

Quand on ne tutoie pas.

9e *vers :* Je viens pour vous offrir, avec une caresse,

2e VARIANTE :

Une demoiselle.

6e *vers:* Trop jeune, hélas! pour faire une largesse,
7e   Je ne possède rien qu'un seul fonds de ten-
                 (dresse!
9e   Je viens t'offrir, mon oncle, avec une ca-
                 (resse,

3e VARIANTE :

*Un oncle, un père, une mère, un frère, une sœur, une tante,
un cousin, un ami, un parrain, si c'est un garçon qui
parle.*

6e *vers :* Mon oncle,
        Mon père,
        Ma mère,
        Mon frère,
        Bonne sœur,   trop petit pour faire une
        Ma tante,   largesse,
        Mon cousin,
        Mon ami,
        Mon parrain,

4ᵉ VARIANTE :

Un grand-père, une grand'mère, une marraine, un beau-père, une cousine, toujours si c'est un garçon.

6ᵉ *vers* : Grand-père,
　　　　　Grand'maman,
　　　　　Marraine,　　　　trop petit pour faire une
　　　　　Beau-père,　　　　　　　largesse,
　　　　　Cousine,

5ᵉ VARIANTE :

Une demoiselle à ses père, mère, frère, sœur, tante, cousin, parrain, ami.

9ᵉ *vers* : Je viens t'offrir, cher père,
　　　　　Je viens t'offrir, ma mère,
　　　　　Je viens t'offrir, cher frère,
　　　　　Je viens t'offrir, ma sœur,　　avec une
　　　　　Je viens t'offrir, ma tante,　　caresse,
　　　　　Je viens t'offrir, cousin,
　　　　　Je viens t'offrir, parrain,
　　　　　Ami, je viens t'offrir,

6ᵉ VARIANTE :

Une demoiselle à ses grand-père , grand'mère, beau-père amie, marraine et cousine.

9ᵉ *vers* : Je viens t'offrir, grand-père,
　　　　　Je viens t'offrir, grand'mère,
　　　　　Je viens t'offrir, beau-père,　　avec une
　　　　　Je viens t'offrir, marraine,　　caresse.
　　　　　Je viens t'offrir, amie,
　　　　　Je viens t'offrir, cousine.

7.

AUTRE.

GARÇON OU FILLE.

A sa tante qu'on tutoie.

Dieux! que je serais contente,
Si je pouvais, chère tante,
Si je pouvais chaque jour
T'exprimer tout mon amour.
Vois, l'amour de ta petite
Est, pour toi, si grand, si grand
Qu'il égale ton mérite,
Vanté partout, constamment.
Juge avec quelle allégresse
A te fêter je m'empresse?
Juge avec quelle ferveur
Je fais des vœux au Seigneur
Je lui demande, sans cesse,
Qu'il répande avec largesse,
En retour de tes bontés,
Sur toi ses félicités.

1re VARIANTE :

Quand on ne tutoie pas.

4e *vers* : Vous exprimer mon amour.
5e   L'amour de votre petite
6e   Est pour vous si grand, si grand!

7e *vers* : Grand comme votre mérite.

9e   Avec une douce ivresse,

10e   A vous fêter je m'empresse ;

11e   Comme je mets de ferveur

12e   A supplier le Seigneur !

15e   En retour de vos bontés,

16e   Sur vous ses félicités.

2e VARIANTE :

Un garçon qui tùtoie.

1er *vers* : Mon âme serait contente

4e   T'exprimer le tendre amour

5e   Qui pour toi mon cœur agite :

6e   Il est si grand, mais si grand !

5e VARIANTE :

Un garçon qui ne tutoie pas.

Mêmes variantes que pour une fille, sauf les suivantes :

5e *vers* : Ce doux amour qui m'agite

6e   Est, pour vous, si grand, si grand !

AUTRE.

GARÇON OU FILLE.

A son oncle, un père, une mère, un grand-père, une grand'-
mère, un beau-père, une belle-mère, un oncle, une tante,
un parrain, une marraine, un ami de la famille, un protecteur et un bienfaiteur.

J'éprouve un double plaisir,
Mon cher oncle, de ta fête :
Le premier, c'est de t'offrir,
Emblème ou bien interprète
De mes tendres sentiments,
Si vrais, si vifs, si constants,
Ces quelques fleurs réunies
Que j'ai moi-même cueillies.
Puis, de te parler amour,
Amitié, reconnaissance
Et respect, dont chaque jour
Voit augmenter la puissance,
Pour être digne à jamais
De tes incessants bienfaits.

1re VARIANTE :

Quand on ne tutoie pas.

2e *vers* : Mon oncle, de votre fête :
3e   D'abord, c'est de vous offrir

9e *vers :* Puis de vous parler amour,

14e De vos incessants bienfaits.

2e VARIANTE :

A un père, une mère, un grand-père, une grand'-mère, un beau-père, une belle-mère, un oncle, une tante, un parrain, une marraine, un ami de la famille, un protecteur, un bienfaiteur.

2e *vers :* Mon cher père, de ta fête

Tendre mère, de ta fête,

Mon grand-papa,

Ma grand'-maman,

Cher beau-père,

Belle-mère,

Mon cher oncle;

Bonne tante,

Mon bon parrain, de ta fête,

Ma marraine,

Ami si bon,

Bon protecteur,

Cher bienfaiteur,

AUTRE.

PETITE FILLE OU PETIT GARÇON.

A ses marraine, cousine, mère, grand'mère, belle-mère, père, beau-père, grand-père et frère qu'il tutoie.

Comme l'expression muette

Du plus aimant de tous les cœurs,

J'ai formé de ces quelques fleurs
Un petit bouquet pour ta fête.
Je voudrais de mon souvenir,
Je voudrais bien, chère marraine,
Avec la Rose et la Verveine,
Un autre gage encor t'offrir.
Mais, je suis, hélas! si petite!
Je vais m'empresser de grandir
Et d'avoir assez de mérite
Pour te présenter, l'an prochain,
Un petit travail de ma main.

1re VARIANTE :

Quand on ne tutoie pas.

3e *vers* : J'ai réuni ces quelques fleurs
4e   En un bouquet pour votre fête,
8e   Un autre gage vous offrir,
12e   Pour vous présenter l'an prochain.

2e VARIANTE :

A une cousine.

6e *vers* : Je voudrais bien, chère cousine,
7e   Avec la Rose et l'Eglantine,

3e VARIANTE :

A une mère.

6e *vers* : Je voudrais bien, ma tendre mère,
7e   Avec la Rose et la Fougère,

4ᵉ VARIANTE :

A une grand'-mère.

6ᵉ *vers* : Je voudrais bien, bonne grand'-mère,

5ᵉ VARIANTE :

A une belle-mère.

6ᵉ *vers* : Je voudrais bien, ma belle-mère,

6ᵉ VARIANTE :

A un père.

6ᵉ *vers* : Je voudrais bien, cher et bon père,

7ᵉ VARIANTE :

A un grand-père.

6ᵉ *vers* : Je voudrais bien, mon cher grand-père,

8ᵉ VARIANTE :

A un beau-père.

6ᵉ *vers* : Je voudrais bien, mon cher beau-père,

9ᵉ VARIANTE :

A un frère.

6ᵉ *vers* : Je voudrais bien, mon aimé frère,

10e VARIANTE :

Pour un garçon.

9e *vers* : Je vais m'empresser vite, vite,

AUTRE.

GARÇON OU FILLE.

A son parrain et à tout le monde qu'il tutoie.

Mon bon parrain que j'aime tant,
Je viens te souhaiter ta fête
Sans recourir au compliment;
De mon cœur je suis l'interprète :
Il désire, pour toi, d'abord,
Cent ans de vie et cent encor,
Passés, sans trouble ni nuage,
Dans le bonheur et la santé.
Puis, pour bouquet.... de mon côté,
Je ne puis t'offrir qu'une page;
C'est, hélas! un bien faible gage
De mon amour pour toi, si vrai,
Et de la promesse sincère
Du zèle que j'apporterai
A bien m'appliquer pour te plaire.

1re VARIANTE :

A un père, une mère, etc.

1er *vers* : Mon bon père que j'aime tant,
        Bonne mère
        Cher beau-père
        Belle-mère
        Mon grand-papa
        Ma grand'maman
        Ma marraine
        Mon bon oncle   que j'aime tant.
        Bonne tante
        Mon cher cousin
        Ma cousine
        Mon cher ami
        Mon bon frère
        Ma chère sœur
        Mon protecteur

2e VARIANTE :

Quand on ne tutoie pas.

2e *vers* : Je vous souhaite bonne fête
  5e   Il désire pour vous voir, d'abord,
10e   Je viens vous offrir une page ;
12e   De mon amour pour vous si vrai,
15e   A bien m'appliquer pour vous plaire.

3e VARIANTE :

Une demoiselle.

10e *vers* : Je ne puis t'offrir qu'une Rose ;

11ᵉ *vers* : N'est-ce pas, c'est bien peu de chose?
12ᵉ   Pour mon amour pour toi, si vrai,
13ᵉ   Avec la promesse sincère.

AUTRE.

UN TOUT PETIT GARÇON.

A sa cousine, à ses mère, père, frère, sœur, beau-frère, belle-sœur, beau-père, grand-père, grand'mère, cousin, oncle, tante, ami de la famille, parrain, marraine, tuteur, tutrice, bienfaiteur, protecteur qu'il tutoie.

Depuis hier, je me dis :
Ce sera demain ta fête;
Depuis hier je t'apprête,
Cousine que je chéris,
Une page d'écriture;
Mon savoir n'est pas bien grand,
Mais, l'an prochain, moins enfant,
Je ferai mieux, je t'assure.
Avec le même plaisir
Que j'éprouve à te l'offrir,
Tu ne peux pas t'en défendre,
Reçois-la de mon amour;
Je ne veux, pour tout retour,
Qu'un baiser bien doux, bien tendre.

1ʳᵉ VARIANTE :

Quand on ne tutoie pas.

2ᵉ *vers* : Dans deux jours c'est votre fête;

5e *vers* : Depuis lors je vous apprête,

8e   Je ferai mieux, je l'assure,

10e   Que j'éprouve à vous l'offrir,

11e   N'allez pas vous en défendre,

12e   Acceptez ce don d'amour.

2e VARIANTE :

Une mère, un père, un frère, une sœur, un beau-frère, une belle-sœur, un beau père, un grand-père, une grand'mère, un cousin, un oncle, une tante, un ami de la famille, un parrain, une marraine, un tuteur, une tutrice, un bienfaiteur, un protecteur.

4e *vers* : Ma maman que je chéris,

Mon papa
Mon frère
Tendre sœur
Beau-frère
Belle-sœur
Beau-père
Grand-papa
Grand'maman
Mon cousin
Mon oncle   } que je chéris,
Ma tante
Bon ami
Mon parrain
Marraine
Bon tuteur
Tutrice
Bienfaiteur
Protecteur

AUTRE.

UN TOUT PETIT ENFANT, GARÇON OU FILLE.

A son cousin et à tout le monde qu'il tutoie.

Mon cher cousin, quelque jour,
Si je possède autre chose
Que, pour toi, mon vif amour
Et mes vœux et cette Rose
Que je t'offre de bon cœur,
Je t'en réponds, sur ma tête,
Je marquerai mieux ta fête
Que par une simple fleur.

1re VARIANTE :

Quand on ne tutoie pas.

3e *vers :* Que, pour vous, mon vif amour
5e   Que je vous offre de cœur ;
6   Je le promets, sur ma tête,
7e   Je marquerai votre fête
8e   Bien mieux que par une fleur.

2e VARIANTE :

A une sœur, un père, une mère, un frère, un oncle, une tante, un parrain, un ami, une cousine.

1er *vers :* Ma chère sœur, quelque jour,

1er *vers* : Mon bon père,
   Bonne mère,
   Mon cher frère,
   Mon cher oncle,
   Bonne tante, } quelque jour.
   Mon cher parrain,
   Mon cher ami,
   Ma cousine.

3e VARIANTE :

A un grand-père, un beau-père, une belle-mère, une marraine, un bienfaiteur, un protecteur.

1er *vers* : Mon grand-père,
   Ma grand'mère, } quelque jour,
   Mon beau-père,

Ainsi des autres.

4e VARIANTE :

Une belle-mère.

1er *vers* : Belle-mère, quelque jour,

AUTRE.

GARÇON OU FILLE.

A sa tutrice et à tout le monde.

Ma tutrice, je voudrais bien
Joindre au compliment de ta fête

Quelque cadeau, mais je regrette
De ne posséder rien, rien, rien;
Je n'ai pour souvenir de ma vive tendresse,
Et je les donne de bon cœur,
Je n'ai qu'une petite fleur,
Un bon baiser, tendre caresse,
Et mes souhaits pour ton bonheur.

1re VARIANTE :

Quand on ne tutoie pas.

2e *vers :* Au compliment de votre fête
3e   Joindre un cadeau, mais je regrette
9e   Et mes vœux pour votre bonheur.

2e VARIANTE :

*A ses père, mère, frère, sœur, grand-père, grand'mère, beau-
père, belle-mère, beau-frère, belle-sœur, oncle, tante, cousin, cousine, ami, amie, parrain, marraine, tuteur, bienfaiteur, protecteur.*

1er *vers :* Mon cher père, je voudrais bien,
     Bonne maman,
     Mon bon frère,
     Ma bonne-sœur,
     Mon grand-père,
     Ma grand'mère,   } je voudrais bien,
     Mon beau-père,
     Belle-mère,
     Cher beau-frère,
     Ma belle-sœur,

Mon bon oncle,
Bonne tante,
Mon cher cousin,
Ma cousine,
Mon cher ami,
Mon amie, oh !
Mon bon parrain;
Ma marraine,
Mon cher tuteur,
Mon bienfaiteur,
Mon protecteur,

} je voudrais bien.

AUTRE.

GARÇON OU FILLE.

A son tuteur et à ses père, mère, frère, sœur, beau-frère,
belle-sœur, grand-père, grand'mère, beau-père, parrain,
marraine, oncle, tante, tutrice, ami de la famille, bienfaiteur, cousin et cousine qu'il tutoie.

Si je t'offre un bouquet, cher tuteur, pour ta fête,
Ne crois pas que ce soit pour obéir, — oh! non —
A l'usage introduit qui met ensemble en quête,
L'amitié, l'intérêt avec la trahison;
    Je n'obéis, dans cette circonstance,
Qu'aux tendres sentiments qui dirigent mon cœur,
Excitant à la fois et la reconnaissance
Et la douce amitié dans sa plus vive ardeur,
    Et le respect et la tendresse.
Nul sordide intérêt n'entre dans mon calcul,

Si ce n'est celui-là d'avoir une caresse
Sans laquelle, vois-tu, mon compliment est nul.

1re VARIANTE :

Quand on ne tutoie pas.

1er *vers* : Si je viens souhaiter à tuteur bonne fête
2e   Ce n'est pas dans le but d'obéir, ma foi !
                                                      (non,
12e   Ou sinon, voyez-vous, mon compliment
                                                      (est nul.

2e VARIANTE :

A ses père, mère, frère, sœur, beau-frère, belle-sœur, beau-
père, grand'mère, grand-père, parrain, marraine, oncle,
tante, tutrice, ami, cousin, cousine, bienfaiteur.

1er *vers* : Si je t'offre un bouquet, cher papa, pour
                                                      (ta fête,

Si je t'offre un
   bouquet;

cher papa, pour ta fête,
ma mère,
cher frère,
chère sœur,
beau-frère,
belle-sœur,
beau-père,
grand-père,
grand'mère,
cher parrain,
marraine,
cher oncle,
ma tante,

pour
ta fête.

1er *vers* : Si je t'offre un bouquet, tutrice, pour ta fête,

Si je t'offre un bouquet,	bon ami, cher cousin, cousine, bienfaiteur,	pour ta fête.

3e VARIANTE.

Quand on ne tutoie pas, pour un beau-frère, une belle-sœur, etc.

1er *vers* : Si je viens souhaiter à papa bonne fête,

Si je viens souhaiter,	à mon frère sa fête, à maman bonne fête, à ma sœur — à beau-frère sa fête, à belle-sœur — à beau-père — à grand'mère — à grand-père — à parrain bonne fête, à marraine sa fête.

Ainsi des autres.

AUTRE.

GARÇON OU FILLE.

A son bienfaiteur et à tout le monde qu'il tutoie.

Un jour, si je puis par moi-même,
Suivant l'impulsion du cœur,

8

Te témoigner combien je t'aime ;
Tu verras avec quelle ardeur,
Tu verras, comme y sont gravées
Tes tendresses et tes bontés,
Comme je donnerai mes plus belles journées,
A tes moindres félicités.
En attendant que l'âge me permette,
Contre tous tes bienfaits, une telle faveur,
Permets-moi de t'offrir, pour le jour de ta fête,
Une embrassade et cette fleur.

VARIANTE :

Quand on ne tutoie pas.

3e *vers :* Vous prouver combien je vous aime ;
4e   Vous verrez avec quelle ardeur,
5e   Vous verrez comme y sont gravées
6e   Vos tendresses et vos bontés,
8e   A vos moindres félicités,
10e   Contre tous vos bienfaits, une telle fa-
                                    (veur,
11e   Je me permets d'offrir, pour marquer
                                    votre fête,

AUTRE.

GARÇON OU FILLE.

A son protecteur et à ses bienfaiteur, tuteur, sœur et belle-sœur qu'il tutoie.

Si tu m'étais moins cher, mon digne bienfaiteur,
   Pour t'exprimer jusqu'à quel point je t'aime,
   Mon embarras ne serait pas extrême.
Mais tes nombreux bienfaits, faisant vibrer mon
Se présentent en foule, alors, à ma pensée (cœur,
    Diffuse, obscure, embarrassée,
    Elle rend imparfaitement
   Et mon respect et ma reconnaissance,
Et ma soumission, comme mon dévoûment,
    Et mon amour et sa puissance,
Heureux de cultiver ces tendres sentiments
Qui feront mon bonheur, vivrais-je encor cent ans.

1re VARIANTE :

Quand on tutoie pas.

1er *vers* : Si vous m'étiez moins cher, mon digne
                          (bienfaiteur,
2e   Pour vous faire comprendre à quel point
                          (je vous aime;

4e *vers* : Mais vos nombreux bienfaits, qui font
vibrer mon cœur.

2e VARIANTE :

A un bienfaiteur, un tuteur, une sœur, une belle-sœur.

1er *vers* : Si tu m'étais moins cher, mon digne pro-
(tecteur,
Si tu m'étais moins cher, mon aimable
(tuteur,
Oh! si je t'aimais moins, ma chère et
(bonne sœur,
Oh! si je t'aimais moins, ma bonne belle-
(sœur.

AUTRE.

GARÇON OU FILLE.

A sa bienfaitrice et à tout le monde qu'il tutoie.

L'amitié, le respect et la reconnaissance,
Et mon ardent amour
Me faisaient désirer, avec impatience,
De voir luire ce jour.
Tes soins multiplié, t'ont valu ma tendresse,
Mon cœur se réjouit de tes moindres bontés,
Mon respect s'harmonise avec tes qualités;
Juge combien je dois t'aimer sans cesse !

Et peut-il en être autrement
Lorsque autour de moi tout rappelle
Tes doux bienfaits de chaque instant;
Lorsque papa, maman mettent leur plus grand zèle
À te prouver leur dévoûment?
Oh! laisse-moi t'aimer, laisse-moi te le dire,
C'est tout ce que je peux contre tant de bienfaits;
Laisse-moi faire au ciel mille et mille souhaits
Afin qu'à ton bonheur désormais tout conspire.

VARIANTE :

Quand on ne tutoie pas.

5e *vers :* Vos soins multipliés vous donnent ma
(tendresse,

6e   Mon cœur se réjouit de vos moindres
(bontés,

7e   Mon respect s'harmonise avec vos qua-
(lités;

8e   Jugez si je puis moins que vous aimer
(sans cesse?

11e   Vos doux bienfaits de chaque instant;

13e   A vous prouver leur dévoûment.

14e Laissez-moi vous aimer, laissez-moi vous
(le dire,

17e   Pour qu'à votre bonheur désormais il
(conspire,

AUTRE.

GARÇON OU FILLE.

A un bienfaiteur ou protecteur, bienfaitrice ou protectrice qu'on ne tutoie pas.

Vos bontés de tous les instants,
Quelque jour je pourrai, peut-être,
Mon bienfaiteur, les reconnaître,
Bien mieux que par des compliments.
Vous jugerez alors si la reconnaissance
Peut, dans un cœur aimant, surpasser les bienfaits;
Mais, trop jeune, aujourd'hui, je n'ai d'autre puis-
Que celle, seulement, de faire des souhaits. (sance
    D'abord je demande
    Que le ciel vous rende
    Vos mille bontés
    En félicités;
    Puis, que la pensée,
    De fleurs entourée
    Que je viens offrir,
    Marquant votre fête,
    Emblême, interprête,
    Vous fasse plaisir,
    Et qu'appréciée,
    Soit de vous goûtée
    Comme souvenir.

1re VARIANTE.

A une bienfaitrice ou protectrice.

1er *vers* : Bien mieux que par des compliments.
3e   Ma bienfaitrice, reconnaître,
4e   Vos bontés de tous les instants.

2e VARIANTE :

Quand on tutoie.

1er *vers* : Tes bontés de tous les instants,
5e   Tu jugeras alors si la reconnaissance
10e   Que le ciel te rende
11e   Tes mille bontés
16e   Pour marquer ta fête,
18e   Te fasse plaisir.
20e   Soit de toi goûtée.

AUTRE.

GARÇON OU FILLE.

A une amie de la famille et à tout le monde qu'il tutoie.

Papa t'aime,
Maman t'aime,
Frère t'aime ;
Dans notre maison chacun t'aime,
Et moi, de tout mon cœur je t'aime
De voir tout le monde t'aimer ;

Oh! je t'aime bien plus qu'on ne peut l'exprimer!
   Car je t'aime aussi pour toi-même,
   Pour ta douceur et ta bonté,
   Pour ta grande amabilité;
   Pour tes qualités infinies,
   Au point, vois-tu, que je vivrais,
   Comme Mathusalem, dix vies,
   Toutes je les consacrerais
   A la meilleure des amies.
   C'est ta fête; ah! dans ce beau jour!
   Donne pour gage à ma tendresse,
   A mon respect, à mon amour,
   Donne et reçois une caresse.

VARIANTE :

Quand on ne tutoie pas.

1er *vers* : Papa vous aime,
   2e   -   Maman vous aime,
   3e   ·   Frère vous aime,
   4e   Dans la maison chacun vous aime,
   5e   Moi, de tout mon cœur, je vous aime,
   6e   Quand je vois chacun vous aimer,
   7e   Je vous aime bien plus qu'on ne peut
                              (l'exprimer!
   8e   Car je vous aime pour vous-même,
   9e   Et pour votre douceur et pour votre
                              (bonté,
  10e   Et pour votre amabilité;
  11e   Pour vos qualités infinies,

12ᵉ *vers :* Au point, je crois, que je vivrais,
16ᵉ   C'est votre fête ; ah! dans ce jour!
17ᵉ   Donnez pour gage à ma tendresse,
19ᵉ   Donnez et recevez une bonne caresse.

AUTRE.

GARÇON OU FILLE.

A un ami de la famille et à tout le monde qu'il tutoie.

« Un ami véritable est une douce chose. »
Pour la première fois, hier, j'ai lu cela :
Oh! cette vérité, je la savais déjà ;
Pas exprimée en vers, mais dite en simple prose,
A ton égard, toujours, c'est le mot de papa.
Tu ne pourrais jamais t'expliquer comme on
                              (t'aime,
Papa, maman et moi ; mais beaucoup, mais beau-
                              (coup ;
Je ne vais pas plus loin, je craindrais, pour le
                              (coup,
De n'en pas dire assez ou d'en dire trop, même,
Soit que de notre amour je peigne mal l'ardeur,
Soit que l'exprimant bien, je sente le flatteur ;
Sur ce point délicat, notre ami, je m'arrête,
Et viens, tout bonnement, te souhaiter ta fête,
T'apprendre que je fais, au ciel, des vœux arden
Pour qu'il verse sur toi, pendant plus de cent an

Une félicité constante ;
Puis, je t'offre une fleur et puis, je me présente
Pour avoir et donner, mais bien doux, bien serrés,
Dans tes bras, mon ami, mille et mille baisers.

VARIANTE.

Quand on ne tutoie pas.

5ᵉ *vers* : A votre égard toujours, c'est le mot de
(papa,

6ᵉ   Vous ne pourriez jamais dire comme on
(vous aime,

13ᵉ   Et viens tout bonnement souhaiter
(bonne fête,

14ᵉ   Vous dire que je fais au ciel des vœux
(ardents

15ᵉ   Pour qu'il verse sur vous, pendant plus
(de cent ans,

17ᵉ   Puis, offrir une fleur et puis, je me pré-
(sente

19ᵉ   Dans vos bras, mon ami, mille et mille
(baisers.

AUTRE.

GARÇON OU FILLE.

A une sœur hospitalière qu'il tutoie.

Pour te fêter bien dignement,
Je voudrais, si c'était possible,

Je voudrais, indistinctement,
Réunir tous ceux-là qui, de ton cœur sensible
    Ont éprouvé les doux bienfaits...
    Mais la tâche est par trop pénible.
    Et qui les compterait jamais?
Lorsqu'à peine au sortir de ton adolescence,
Déjà l'on te retrouve, ange de providence,
    Partout où règne le malheur;
Soit que dans les prisons, lieux de deuil, de dou-
                          (leur,
Ou dans les hôpitaux, palais de la souffrance,
Tu viennes raviver par tes soins, ta douceur,
La santé chez les uns, chez d'autres l'espérance,
Je me résigne donc à venir seul, ma sœur,
En place d'un bouquet, t'offrir une couronne
    Tressée avec de simple fleurs,
En attendant celle que le ciel donne,
A qui sut, comme toi, tarir souffrance et pleurs.

VARIANTE :

Quand on ne tutoie pas.

1er *vers* : Pour vous fêter bien dignement,
4e   Réunir tous ceux-là que votre cœur
                              (sensible
5e   A soulagés par ses bienfaits...
8e   Lorsqu'à peine au sortir de votre ado-
                              (lescence
9e   Déjà l'on vous retrouve, ange de pro-
                              (vidence.

13e *vers* : Vous veniez, par vos soins, avec tant
(de douceur,

14e   Raviver la santé, raviver l'espérance,

16e   Vous offrir, pour bouquet, la modeste
(couronne

17e   Que j'ai tressée avec de simples fleurs

19e   A qui sut, comme vous, tarir souf-
(france et pleurs.

AUTRE.

UN TOUT PETIT ENFANT, GARÇON OU FILLE.

A tout le monde qu'il tutoie.

Enfin ma joie est complète,
Voici le jour de ta fête;
Enfin, à ce jour, j'y suis,
Il va donc m'être permis
De laisser parler mon âme,
D'exprimer la vive flamme
Dont, pour toi, brûle mon cœur;
C'est l'amitié la plus tendre,
C'est d'amour la douce ardeur;
C'est ce que je ne puis rendre.

VARIANTE :

Quand on ne tutoie pas.

2e *vers* : C'est le jour de votre fête;

7e   Dont pour vous brûle mon cœur :

AUTRE.

GARÇON OU FILLE.

A tout le monde qu'il tutoie.

Dès qu'a fui le jour de l'an,
Je soupire après ta fête,
Et puis, dès que fuit ta fête,
J'appelle le jour de l'an.
     Ne vas pas croire pourtant,
Qu'une espérance indiscrète
Fasse désirer ta fête
Ou vouloir le jour de l'an.
Nul sordide sentiment
N'est cause que je regrette
Le jour de l'an ou ta fête,
Ta fête ou le jour de l'an.
     Je sais fort bien que ta fête,
Ainsi que le jour de l'an,
Amènent petit présent ;
Mais ce calcul, dans ma tête,
J'amais n'entrera, vraiment,
Aussi peu le jour de l'an
Que pour le jour de ta fête.
     Je ne veux du jour de l'an,
Je ne désire ta fête

Que pour être l'interprête
De mon tendre dévoûment.

J'userai donc de ta fête,
Ainsi que du jour de l'an,
Pour t'exprimer librement
Tout ce que mon cœur ressent :
Ma gratitude complète,
Mon respect de chaque instant,
Mon amour vive, parfaite,
Et te donner tendrement
Un doux baiser pour ta fête
Serré comme au jour de l'an.

VARIANTE :

Quand on ne tutoie pas.

2e *vers* : Je désire votre fête,
3e   Puis, dès que fut votre fête,
5e   N'allez pas croire pourtant,
7e   Fasse rêver votre fête
11e   Le jour de l'an, votre fête,
12e   La fête ou le jour de l'an.
13e   Je sais bien que votre fête,
19e   Qu'au beau jour de votre fête
21e   Je ne veux de votre fête,
24e   J'userai de votre fête
26e   Pour exprimer librement
31e   Et vous donner tendrement
32e   Un baiser pour votre fête.

AUTRE.

PETIT GARÇON.

A sa mère, son père, son beau-père, sa belle-mère, son grand-père, sa grand-mère et son frère.

Dieu fit le ciel et la terre,
Et Dieu fit aussi ton cœur
Qu'il remplit, ma bonne mère,
De tendresse et de douceur.
En retour de ta tendresse,
A toi mon amour ardent,
Et pour ta douceur, sans cesse
Je veux être obéissant.

1re VARIANTE :

Quand on ne tutoie pas.

2e *vers* : Dieu fit aussi votre cœur
5e　　　En retour de la tendresse,
6e　　　A vous mon amour ardent,
7e　　　Pour votre douceur, sans cesse.
　　　Ou bien : Et pour la douceur, sans cesse.

2e VARIANTE :

Un père, un beau-père, une belle-mère, un grand-père, une grand'mère, un frère.

3e *vers* : Qu'il remplit, mon bien cher père,
　　　Qu'il remplit, mon cher beau-père,

5ᵉ *vers :* Qu'il remplit, ma belle-mère,
Qu'il remplit, mon cher grand-père,
Qu'il remplit, chère grand'mère,
Qu'il remplit, mon bien cher frère.

LE MÊME.

UNE PETITE FILLE.

A sa mère, son père, son beau-père, sa belle-mère, son grand-
père, sa grand'mère et son frère.

Dieu fit le ciel et la terre,
Et Dieu fit aussi ton cœur,
Qu'il remplit, ma bonne mère,
De tendresse et de douceur.
A toi mon amour ardente,
Pour ta tendresse, maman,
Pour ta douceur, constamment,
Je veux être obéissante.

1ʳᵉ VARIANTE :

Quand on ne tutoie pas.

2ᵉ *vers :* Dieu fit aussi votre cœur,
5ᵉ   A vous mon amour ardente,
6ᵉ   Pour votre tendresse, maman,
7ᵉ   Pour votre douceur, constamment.

2e VARIANTE :

Un père, un beau-père, une belle-mère, un grand-père, une grand'mère, un frère.

Même variante que pour la précédente.

AUTRE.

UN GARÇON.

A un instituteur.

Mon cher instituteur,
C'est demain votre fête :
Je n'ai pour la marquer, je n'ai rien qu'une fleur ;
Puisse chez vous la joie être toujours complète,
Je le demande au ciel, c'est mon vœu le plus grand ;
Avec celui, pourtant,
De pouvoir quelque jour, de pouvoir par moi-même,
Vous prouver combien je vous aime,
Combien je suis reconnaissant.
Laissez, que je sois assez grand,
Vous comprendrez si j'apprécie
Votre savoir, votre talent
Et votre immense modestie ;
Et puis encor ce dévoûment
Qui vous fait user votre vie
Dans l'insipide enseignement.

LE MÊME.

GARÇON OU FILLE.

A une institutrice.

Ma chère institutrice, avec quel doux bonheur
Je viens vous souhaiter une bien bonne fête ;
Je n'ai pour la marquer, cependant, qu'une fleur.
Puisse chez vous la joie être toujours parfaite
Je le demande au ciel, c'est mon vœu le plus grand ;
  Avec celui, pourtant,
Depouvoir quelque jour, de pouvoir par moi-même,
 Vous prouver combien je vous aime,
 Combien je suis reconnaissant.
 Laissez, que je sois assez grand,
 Vous comprendrez si j'apprécie
 Votre savoir, votre talent
 Et votre immense modestie.
 Et puis encor ce dévoûment
 Qui vous fait user votre vie
 Dans l'insipide enseignement.

AUTRE.

UN PETIT GARÇON.

A son instituteur.

Mon excessive paresse
M'a fait punir bien souvent,

C'est un tort, je le confesse,
Je le comprends maintenant;
Aussi, viens-je à votre fête,
Demandant pour vous au ciel
Un bonheur pur, vrai, réel,
La félicité parfaite;
Puis, la chose est décidée,
Je ne veux plus désormais
Etre paresseux jamais,
Je l'ai mis dans mon idée.

LE MÊME.

UNE PETITE FILLE.

A son institutrice.

Mon excessive paresse
A souvent, souvent, souvent
Contrarié ma maîtresse.
Je le comprends maintenant
Aussi, viens-je à votre fête,
Demandant pour vous au ciel
Un bonheur vrai, bien réel,
La félicité parfaite;
Et puis, ô je le projette!
Pour vous plaire désormais,
Vous ne me verrez jamais
Paresseuse ni distraite.

DIALOGUES.

DIALOGUE.

DEUX TOUT PETITS ENFANTS.

A leur grand'mère, mère, belle-mère, belle-sœur, sœur, tante, cousine, marraine, tutrice, bienfaitrice, protectrice qu'ils tutoient.

PREMIER ENFANT.

Depuis un grand mois, pour ta fête,
Je travaillais avec ardeur
A broder cette collerette...

DEUXIÈME ENFANT.

Moi, je n'ai qu'une simple fleur.

PREMIER ENFANT.

Avec quel plaisir, quel délire!
Grand'maman, je viens te l'offrir...

DEUXIÈME ENFANT.

Puisses-tu dans cent ans jouir,—
Car, si je sais à peine lire,
Pour toi je sais faire des vœux,—
Jouir des jours les plus heureux.

PREMIER ENFANT.

Et moi, donc, au ciel je demande

Qu'il te prodigue, à tout jamais,
La félicité la plus grande.

DEUXIÈME ENFANT.

Tiens, ce sont aussi mes souhaits.

PREMIER ENFANT.

Que tu me conserves sans cesse,
Ma grand'mère, cette tendresse
Qui fait mon bonheur le plus grand.

DEUXIÈME ENFANT.

Moi, que tu m'aimes constamment.

PREMIER ENFANT.

Et puis qu'une douce caresse,
Tendre gage de souvenir,
Fasse battre nos cœurs d'amour et de plaisir.

1re VARIANTE :

Quand on ne tutoie pas.

1er *vers :* Depuis un mois, pour votre fête,
6e   Grand'maman, je viens vous l'offrir...
7e   Puissiez-vous dans cent ans jouir,
9e   Pour vous je sais faire des vœux,
12e   Qu'il vous prodigue, à tout jamais,
15e   Que vous me conserviez sans cesse,
18e   Moi, que vous m'aimiez constamment.

2e VARIANTE :

A leur mère, belle-mère, sœur, belle-sœur, tante, cousine,
marraine, tutrice, bienfaitrice, protectrice.

6e *vers:* Belle-mère, je viens t'offrir...
Tendre mère, je viens t'offrir...
Ma chère sœur,
Ma belle-sœur,
Bonne tante,
Ma cousine,   } je viens t'offrir...
Ma marraine,
Ma tutrice,
Bienfaitrice,
Pretectrice,

LE MÊME.

DEUX TOUT PETITS ENFANTS.

A leur grand-père et à leur père, frère, beau-frère, beau-père, etc., et à tout ceux qu'ils tutoient.

PREMIER ENFANT.

J'ai fait ce cadeau pour ta fête,
Hélas! il a peu de valeur,

Et pourtant, avec grande ardeur,
Depuis quelques jours je l'apprête.

DEUXIÈME ENFANT.

Moi, je n'ai qu'une simple fleur.

PREMIER ENFANT.

Avec quel plaisir, quel délire!
Grand-père, je viens te l'offrir...

DEUXIÈME ENFANT.

Puisses-tu, dans cent ans, jouir,—
—Car, si je sais à peine lire,
Pour toi je sais faire des vœux,—
—Jouir des jours les plus heureux.

PREMIER ENFANT.

Et moi, donc, au ciel je demande
Qu'il te prodigue, à tout jamais.
La félicité la plus grande.

DEUXIÈME ENFANT.

Tiens, ce sont aussi mes souhaits.

PREMIER ENFANT.

Que tu me conserves sans cesse,
Mon grand-père, cette tendresse
Qui fait mon bonheur le plus grand.

DEUXIÈME ENFANT.

Moi, que tu m'aimes constamment.

PREMIER ENFANT.

Et puis qu'une douce caresse
Tendre gage de souvenir,
Fasse battre nos cœurs d'amour et de plaisir. (1.)

DIALOGUE.

TROIS ENFANTS.

A leur mère, père, grand-père, grand'mère, beau-père,
belle-mère qu'on tutoie.

PREMIER ENFANT, *à sa mère.*

Heureux du tendre amour que pour toi je ressens,
Je m'empresse, aujourd'hui, de t'offrir, à ta fête,
Un bouquet, quelques fleurs, hélas! faible inter-
De mes respectueux et tendres sentiments. (prête

DEUXIÈME ENFANT, *l'interrompant.*

Ah ça! mais tu dis là ce que je voulais dire.

PREMIER ENFANT, *au deuxième.*

Permets-moi d'achever, tu parleras après.

DEUXIÈME ENFANT, *au premier.*

Lorsque tout sera dit...

---

(1) Pour les variantes, voir celles du dialogue précédent,

PREMIER ENFANT, *continuant, à sa mère.*

Alors que tout exprès
Tes enfants réunis...

DEUXIÈME ENFANT, *l'interrompant.*

Oh! je ne puis souscrire
A te laisser ainsi...

PREMIER ENFANT, *continuant, à sa mère.*

Viennent pour t'exprimer...

DEUXIÈME ENFANT, *interrompant.*

Ah! tu parles toujours et sans rien écouter,
Attends...

PREMIER ENFANT, *continuant, à sa mère.*

Leurs vœux au ciel renouvelés sans
(cesse...

DEUXIÈME ENFANT, *interrompant.*

Ta, ta, ta, ta, ta, ta...

PREMIER ENFANT, *reprenant, à sa mère.*

Chaque jour répéter...

DEUXIÈME ENFANT, *l'interrompant.*

Ta, ta, ta, ta, ta, ta...

PREMIER ENFANT, *continuant, à sa mère.*

Dans leur humble prière...

DEUXIÈME ENFANT, *l'interrompant.*

Je t'arrêterai bien ; va, je te ferai taire...

LES DEUX ENFANTS, *à la fois à leur mère.*

PREMIER ENFANT.

Mon Dieu, sois bon à jamais
Pour notre père et notre mère,
Prodigue-leur tous les bienfaits,
Que sur nous seuls retombe ta colère.

DEUXIÈME ENFANT.

Je fais pour toi des souhaits :
Je te voudrais, ma bonne mère,
Encor cent ans de jours parfaits,
Cent ans aussi pour notre excellent père.

TROISIÈME ENFANT, *aux enfants.*

Finirez-vous enfin ce pénible débat?
Comment, lorsqu'il s'agit de fêter notre mère,
   Vous vous livrez un puéril combat
Qui, vous le voyez bien, ne peut que lui déplaire.
En vain offrirez-vous vers et cadeaux et fleur,
S'ils ne sont entourés d'une entente parfaite,
Jamais tendre maman n'en sera satisfaite,
Car notre peu d'amour blesse par trop son cœur.

PREMIER ENFANT.

J'ai tort.

DEUXIÈME ENFANT.

J'ai tort aussi.

PREMIER ENFANT.

Je me tais.

DÉUXIÈME ENFANT.

Moi, de même.

PREMIER ENFANT.

Commence...

DEUXIÈME ENFANT.

Oh! ma foi non!

PREMIÉR ENFANT.

Je te cède le pas.

DEUXIÈME ENFANT.

Vrai, je n'en ferai rien!

TROISIÈME ENFANT.

Encore des débats
Que votre entêtement pousserait à l'extrême...
Pour les faire cesser, c'est moi qui parlerai.

(*S'adressant à sa mère*).

Au ciel je demanderai,
Comme pour toi je demande,
Toutes les félicités;
Et pour cela qu'il nous rende
Plus d'accord, moins entêtés.

1re VARIANTE :

Quand on ne tutoie pas.

1er *vers* : Heureux du tendre amour que pour vous
(je ressens,

2e   Je m'empresse aujourd'hui d'offrir, pour
(votre fête,

9e   Viennent vous exprimer...

15e   Je fais pour vous des souhaits ;

16e   Je désire, ma bonne mère,

33e   Comme pour vous je demande.

2e VARIANTE :

*A un père, un grand-père, une grand'mère, un beau-père,
une belle-mère.*

DEUXIÈME ENFANT.

16e *vers* : Je te désire, mon bon père,
Je te désire, cher grand-père,
Je te désire, ma grand'mère,
Je te désire, cher beau-père,
Je te désire, belle-mère.

Si c'est un père.

DEUXIÈME ENFANT.

18e   Cent ans aussi pour notre bonne mère.

19e   Cent ans aussi pour notre cher grand-
(père.

20e *vers :* Comment, lorsqu'il s'agit de fêter notre
(père
— — *ou* doux grand-père,
— — Ma grand'mère,
— — Cher beau-père,
— — Belle-mère,
25e Son âme, voyez-vous, n'en sera satisfaite.

DIALOGUE.

UN GARÇON ET DEUX FILLES.

A un grand-papa, un papa, un beau-père, un oncle, une mère, une grand'mère, une belle-mère, une tante.

PREMIER ENFANT.

Ta fête tant désirée,
Mon grand-papa si chéri,
A la fin est arrivée,
Tes enfants viennent ici
Te la souhaiter heureuse.

DEUXIÈME ENFANT.

Tais-toi, petite parleuse;
N'est-ce pas, dans notre accord,
Que je dois parler d'abord?
J'en demande à notre frère.

TROISIÈME ENFANT.

Tu dois parler la première,
Et puis, après moi, ma sœur.

DEUXIÈME ENFANT.

Taisez-vous donc, je commence :
J'éprouve plus que de la jouissance,
C'est à la fois du plaisir, du bonheur
Que de pouvoir et te dire et redire
 Combien tu sais te faire aimer.
  Que ne sais-je t'exprimer
  Notre amour, tendre délire,
  Ce bonheur de tes enfants !
  Alors, à tous les instants,
  Sans me trouver indiscrète,
  Je peindrai nos sentiments ;
Mais de nos cœurs, hélas ! faible interprète,
  Que je te dise de mon mieux :
  Nous te souhaitons bonne fête,
  Daignent nous écouter, les cieux
  Alors comblant nos vœux,
Ils te prodigueront, pour ta part, leurs largesses
Et tu nous donneras tes suaves caresses
Qui rendront tes enfants heureux, ô bien heureux !

PREMIER ENFANT.

Ta fête tant désirée...

TROISIÈME ENFANT.

Mais, tais-toi donc, c'est à moi.
Quel tendre, quel doux émoi
J'éprouve au jour de ta fête,
Comme je te la souhaite

Tissée et de soie et d'or,
Puis, après, cent ans encor
De félicité parfaite;
Puis que tu m'aimes toujours
De cette amitié si tendre
Que j'aime tant à te rendre,
Mon grand-père, mes amours.

PREMIER ENFANT.

Je te la souhaite heureuse,
Et pour tous je viens t'offrir
L'Œillet et la Tubéreuse,
C'est un tendre souvenir
Que te donne ta petite,
Mais si les fleurs se fanent vite, vite,
Il n'en est pas ainsi de mes doux sentiments,
Ils dureront autant, grand-père, que mes ans.

1re VARIANTE :

Quand on ne tutoie pas.

1er *vers :*	Votre fête tant désirée,
4^e	Vos enfants viennent ici
5^e	Vous la souhaiter heureuse...
15^e	Que de pouvoir et vous dire et redire
16^e	Combien de vos enfants vous vous faites
17^e	Que ne sais-je vous exprimer (aimer.
19^e	Ce bonheur de vos enfants!
24^e	Que je vous dise de mon mieux:
25^e	Nous vous souhaitons bonne fête,

28e *vers* : Ils vous prodigueront leurs immenses
(largesses

29e   Et nous aurons dé vous vos aimantes
(caresses

30e   Qui font tant de plaisir à vos enfants
(heureux.

31e   Votre fête désirée...

34e   Je ressens à votre fête !

35e   Comme je vous la souhaite

39e   Puis que vous m'aimiez toujours

41e   Que j'aime tant à vous rendre,

43e   Je vous la souhaite heureuse,

44e   Pour tous je viens vous offrir

47e   Donné par votre petite.

2e VARIANTE :

A un papa, beau-père, un oncle.

2e *vers* : Mon bon papa si chéri,
         Mon beau-père si chéri,
         Mon bon oncle si chéri,

42e   Mon cher papa, mes amours.
         Mon beau-père, mes amours.
         Mon bon oncle, mes amours.

50e   Ils dureront autant, mon père, que mes
(ans.

         Ils dureront autant, grand-père, que
(mes ans.

         Ils dureront autant, mon oncle, que mes
(ans.

3ᵉ VARIANTE :

A un oncle.

4ᵉ *vers* : Tes neveux viennent ici

20ᵉ   Ce bonheur de tes neveux,

21ᵉ   Juge s'ils seraient heureux!

30ᵉ   Qui font tant de plaisir à tes tendres
                                            (neveux.

4ᵉ VARIANTE :

A une mère, une grand'mère, une belle-mère, une tante.

2ᵉ *vers* : Bonne mère, est arrivée,
            Ma grand'mère est arrivée,
            Belle-mère ,est arrivée,
            Chère tante, est arrivée,

3ᵉ   Tu vois ici, bien contents,

4ᵉ   Se presser tes trois enfants,

5ᵉ   Pour la souhaiter heureuse,

42ᵉ   Tendre mère, mes amours.
            Ma grand'mère, mes amours.
            Belle-mère, mes amours,
            Bonne tante, mes amours.

50ᵉ   Ils dureront autant, ma mère, que mes
                                            (ans.
            Ils dureront autant, grand'mère, que mes
                                            (ans.
            Ils dureront autant, ma tante, que mes
                                            (ans.
            Belle-mère, ils vivront jusqu'à mes der-
                                           niers ans.

5ᵉ VARIANTE :

A une tante.

3ᵉ *vers* : Tu vois près de toi, joyeux,
4ᵉ   Se presser tes trois neveux.

DIALOGUE.

QUATRE ENFANTS, DEUX FILLES ET DEUX GARÇONS.

A un père, un beau-père, un grand-père, une mère, une belle-mère, une grand'mère qu'on tutoie.

L'AINÉ DES DEUX GARÇONS.

Autour de toi, notre cher père,
Toi, le meilleur de nos amis,
Nous nous pressons tout réjouis,
Guidés par notre aimante mère ;
Heureux de pouvoir t'exprimer
Aujourd'hui, veille de ta fête,
Combien tu sais te faire aimer,
Combien notre joie est complète.
Moi, l'aîné de tes quatre enfants,
Je suis assez grand pour comprendre
Tes bontés, tes soins incessants,
Ton amour dévoué, si tendre!...
En retour je fais vœux sur vœux,

10

C'est tout ce que je puis, mon père ;
Plus tard j'aiderai, je l'espère,
Grandèment à te rendre heureux.

L'AINÉE DES DEUX FILLES.

Chaque jour, dans ma prière,
Je demande pour toi, père,
Que le ciel, dans sa bonté,
Te donne, avec la santé,
Une longue vie
De félicité suivie ;
Et comme ton bonheur n'existe que par nous,
C'est demander au ciel de nous conserver tous,

(Se retournant vers sa mère.)

Carne pense pas, tendre mère,
Que je t'oublie en ma prière.

LE CADET DES DEUX GARÇONS.

De notre amour, tiens, reçois comme gage,
Mon bon papa, cette petite fleur ;
On m'a chargé de t'en faire l'hommage.
De mon côté, je promets d'être sage,
Pour te prouver que mon plus grand bonheur
Est de t'aimer, toujours, de tout mon cœur.

LA PLUS JEUNE DES DEUX FILLES.

Je souhaite
Que ta fête,
Mon petit papa chéri,
Soit bien bonne

Et te donne
Un bonheur grand, accompli.

1re VARIANTE :

A un beau-père qu'on tutoie.

1er *vers* : Autour de toi, notre beau-père,
2e   Vois tes petits et bons amis,
5e   Il se pressent, tout réjouis,
4e   Guidés par leur aimante mère ;
14e   C'est tout ce que je puis, beau-père,
18e   Je demande pour toi, beau-père,
28e   Mon bon papa, cette petite fleur ;
35e   Mon beau-père bien chéri,
36e   Soit très-bonne.

2e VARIANTE :

A un grand-père qu'on tutoie.

Mêmes variantes que pour un beau-père, moyennant la substitution de grand-père à beau-père.

3e VARIANTE :

A une mère qu'on tutoie.

1er *vers* : Autour de toi, bien bonne mère,
2e   Nous arrivons tout réjouis,
5e   Guidés par notre excellent père ;

4e *vers* :	Le meilleur de tous nos amis, (1.)
14e	C'est tout ce que je puis, ma mère;
16e	A te donner des jours heureux.
18e	Je demande pour toi, mère,

(Se retournant vers son père.)

25e	Car ne pense pas, mon cher père,
28e	Tendre maman, cette petite fleur;
35e	Ma douce et chère maman,
38e	Un bonheur bien grand, bien grand.

4e VARIANTE :

A une belle-mère qu'on tutoie.

1er *vers* :	Autour de toi, ma belle-mère,
2e	Nous arrivons tout réjouis,
3e	Guidés par notre excellent père;
4e	Le meilleur de tous nos amis, (2.)
14e	Je ne puis plus rien, belle-mère;
15e	Bientôt j'aiderai, je l'espère,

---

(1) Avec cette variante le cinquième vers doit prendre la place du sixième, et le sixième devenir le cinquième pour éviter deux rimes masculines à la suite l'une de l'autre.

(2) Si les enfants sont accompagnés par un beau-père il faudra dire :

2e *vers* :	Vois tes petits et bons amis,
3e	Il se pressent tout réjouis,
4e	Guidés par leur aimant beau-père.
	Ou bien : Guidés par leur tendre grand-
	(père

16e *vers* : A te donner des jours heureux.
18e   Je demande, belle-mère,
28e   Belle-maman, cette petite fleur ;
35e   Ma chère belle-maman,
38e   Un bonheur toujours constant.

5e VARIANTE :

A une grand'mère.

1er *vers* : Autour de toi, chère grand'mère,
14e   C'est tout ce que je puis, grand'mère ;
18e   Je demande, ma grand'mère,
28e   Ma grand'maman, cette petite fleur ;
35e   Ma bien chère grand'maman.

6e VARIANTE :

Quand on ne tutoie pas.

1er *vers* : Autour de vous, notre cher père,
2e   Vous le meilleur de nos amis,
5e   Bien heureux de vous exprimer
6e   A cette occasion qui naît de votre fête,
7e   Combien nous savons vous aimer.
9e   Moi, l'aîné de vos quatre enfants,
11e   Vos bontés, vos soins incessants.
12e   Votre amour dévoué, si tendre!...
16e   Grandement à vous rendre heureux.
18e   Je demande pour vous, père,
20e   Vous donne, avec la santé,

23e *vers* : Comme votre bonheur n'existe que pour

25e   Car avec amour, tendre mère,   (nous,

26e   Je vous comprends dans ma prière.

27e   De notre amour recevez comme gage,

29e   On m'a chargé de vous en faire hom-
                                      (mage,

31e   Pour vous prouver que mon plus grand
                                      (bonheur

32e   Sera de vous aimer toujours, de tout

34e   Que votre fête,   (mon cœur.

37e   Et vous donne.

FIN.

TABLE.

FIN DE LA TABLE.

PARIS. — TYP. BEAULÉ ET Cᶜ, RUE JACQUES DE BROSSE, 10.